Gary Snyder
ゲーリー・スナイダー

絶頂の危うさ
danger on peaks

原成吉 訳

思潮社

絶頂の危うさ　ゲーリー・スナイダー詩集

原　成吉訳

思潮社

キャロルに

「……絶頂の危うさ」

目次

I　セントヘレンズ山

II　さらに古い物質

III　日々の暮らし

IV　しっかり、やりなさい

V　風の前の塵

The Front Cover: Mt. Saint Helens, August 2005, by Shigeyoshi Hara
The Back Cover: Mt. Saint Helens, August 1945, by Gary Snyder
The Portrait of Gary Snyder at Kitkitdizze by John Suiter

絶頂の危うさ

I　セントヘレンズ山

ルーウィット

（コロンビア川流域のシャハプティアン族の言葉、“lawilayt-Lá”「煙を上げるもの、煙る」より）

その山

晴れた日には、ウィラメット川とコロンビア川にはさまれた小高い場所から、雪をいただく三つの峰が望める——フット山、アダムス山、そしてセントヘレンズ山だ。はるか遠くにそびえる四つ目のレーニア山は、限られた場所からしか見えない。米国西部の太平洋に向かってなだらかに傾斜する地形では、山頂に雪のある山は大きなエネルギーを蓄えている。夕日や朝日を受け、一日中かがやき、雪は消えることがない。コロンビア川は雄大で、流れはいつも一定している。これらの孤峰と大河、それにたくさんの小さな流れが、太平洋岸北西部の緑豊かなこの森の景観をつくっている。郊外であれ、田舎であれ、あるいは都市であれ、川はそこをめぐり、山はそびえ立つ。

セントヘレンズ山（インディアン名「ルーウィット」）は、山頂に雪のある典型的な火山円錐丘で、噴火前の海抜は二、九四九メートル。わたしはいつもそこへ行きたいと思っていた。北側の高地にかくれた盆地には、大きな深い湖がある。

スピリット湖

スピリット湖をはじめて見たのは、十三歳のときだった。年輪を重ねたモミの森が広がる急勾配の山やまに囲まれた湖は、静かに澄みきっていて、滑らかな銀色の湖面には、いく条かの霧がでていた。舗装された道は、湖から流れ出す川のところで終わり、そこにスピリット湖ロッジがあった。砂利道の先には、小さな板葺き屋根の森林管理局の詰所があり、そのずっと先がキャンプ場になっていた。

湖のむこうに見えるのは、樹木に覆われた山だけ。冷やかな静けさ。森林管理局の南には、砂利道が、さらに上の、日当たりのよい、より乾燥した地域へと伸びていた。樹林限界線まで、およそ五キロの距離だ。湖にそびえる山。二つの山は互いを映していた。たぶん湖に映る山のほうが後まで残るだろう。

キャンプ場の大きな木の下には、テントを張るために一段高くなった場所があり、モミのチップを敷き詰めた柔らかな小道がクモの巣状に伸びていた。それはすべて水辺に配置されていた。陽の届かない林床はとても暗くて、ほとんど下生えもなく、わずかに貧弱なハックルベリーが見られるのみ。キャンプ場には、木材と石で作られた大きくて頑丈な炊事場と、なかば壁のない素朴な作りの食堂があった。そこには、大恐慌時代に流行った石と丸太を組み合わせた（熟練した大工仕事の）飾り気のない二階建てのロッジが一軒立っていた。

湖畔のキャンプ場から、わたしたちは数日間のハイクへでかけた。トラッパー・ネルソン社製のパックボードに、きっちり丸めたジャワ綿の寝袋、そして食料品と吊り環をつけた煤まみれになった大型缶（調理用鍋）を分けて、くくりつけた。湖をぐるりと回り、尾根へむかうトレイルを辿った――コールドウォーター山の火の見小屋、それからマーガレット山、そしてさらにその先へ、それから下の方に見える湖となかばかくれて見えない氷原の盆地へ。尾根から振りかえると、スピリット湖と湖面に映る山、そして氷原が見えた。わたしたちは高山植物のなかを歩き、足を蹴り上げるようにして雪原を横切り、グリセードで雪渓を滑り下りて、石ころだらけの湖畔の騒がしいキャンプ地に辿り着き、男たちだけで作った焦げついた缶詰の食事にありついた。

'The Mountain'

登山

近くの尾根を歩きまわり、コールドウォーター山の崖に腰かけ、わたしは上部の火山を記憶に焼きつけた。大小のトカゲ（頭を火口に向けているように見える溶岩流）、犬の頭、それは幅ひろく隆起した茶色の岩と白い残雪のせいで、セントバーナード犬のように見えた。さらに上のシュルンドと幅の広いクレバスがある氷原へと、樹林限界線から登山道が伸びていた。多少の危険をおかしても、雪をかぶった山頂からのすばらしい眺望を、この目で確かめたくなるのも無理はない。

そのチャンスは二年後にやってきた。わたしたちの案内役は、マザーマ登山クラブのメンバーで、オレゴン州タイガード出身のベテラン・ガイドだった。登山歴は、第一次世界大戦までさかのぼる。後にかれは大きな果樹園を手に入れた。高さのある黒いフェルトのハンティング帽子をかぶり、コルク張りの木こり用ブーツをはき、裾を切り落としたズボンというでたちで、旧式のアルペンストックをたずさえていた。わたしたちは白い酸化亜鉛のペーストを鼻と額にぬり、それぞれがアルペンストックをもち、三〇年代のシェルパみたいに金属フレームの濃い色のゴーグルを着けた。そして夜明け前に、滑りやすい軽石の低い斜面を登りはじめた。

一歩一歩、一息一息——急がなければ、苦しくない。フォーサイス氷河の雪の上を、犬の頭の岩を越え、アルペンストックの使い方を習い、安全と忍耐についての話を聞いてから、つぎの段階、氷へとむかった。クレバスを縫うように進みながら、一茶の句のようにゆっくり頂上をめざした。

「かたつむり、
そろそろ登れ
富士の山」

西海岸の雪の峰は素晴らしい！　そびえ立つ山やま。それぞれが切り離されていて、それぞれが別の世界にある。もし自分の暮らしている世界を見たければ、ちょっとした岩山のこじんまりした山頂へ登るといい。しかし、雪をかぶった大きな峰は、雲と鶴の群れの世界を貫き、五色の旗雲のなかに、切れぎれの霧と霜の結晶のベールにかくれ、バリバリと耳をつんざく音をたてながら、身をくねらせる竜の領域に、そして混じりけのない透明な青の世界に憩う。

セントヘレンズ山の頂上はなだらかで広く、うたた寝できる場所、座って書きものをしたり、空の様子を眺めたり、ちょっとしたダンスが踊れるところ。数字とは関係なしに、雪の峰はいつも、一番高いところを飛ぶ飛行機よりもさらに高みにある。わたしはその均整のとれた山に誓願をたてた。「どうかこの生命を導きたまえ」と。身をのりだして下界を覗く――**そこにあったのは、無**。

それから、わたしたちはまとまって下山した。午後の雪はグリセードにおあつらえむき、ストックに身をあずけて滑り、裂け目や瘤のあいだを横滑りして、開けた雪原の斜面にでて、その下の柔らかな軽石の尾根まですっ飛んで下りた。下りは何と速いこと！　興奮さめやらぬまま、わたしたちは五キロの砂利道を歩いて湖へもどった。

'The Climb'

原爆の夜明け

最初にセントヘレンズ山に登ったのは、一九四五年、八月十三日だった。スピリット湖は谷間にある町からも遠く離れていたため、ニュースが伝わるのは遅かった。最初の原爆は、八月六日広島に、二番目が八月九日長崎に投下されたが、「ポートランド・オレゴニアン紙」に写真が掲載されたのは八月十二日になってからだった。十三日には、新聞はスピリット湖に届いていたにちがいない。十四日の早朝、わたしは掲示板を見に歩いてロッジまで行った。新聞の全ページがピンで留めてあった。爆破された町の航空写真、広島だけでもおよそ十五万人の死者がでた。「七十年間、そこには何も生えないだろう」というアメリカ人科学者のコメントが引用されていた。わたしの両肩には朝日、モミの森の香りと大きな木陰――薄いモカシンを履いた両足は大地を感じていて、心はまだ背後にあるあの雪の峰とともにあった。わたしは恐怖にかられ、科学者や政治家、そして世界中の政府を非難しながら、誓いをたてた。「セントヘレンズ山の純粋さ、美しさ、そして不変性にかけて、この残忍な破壊力とそれを行使しようとする者たちと、生涯をかけて戦う」と。

'Atomic Dawn'

ある運命

ルーウィット——シャハプティアン・インディアンの名前——には、さらに三回登った。
四六年の七月、妹のシーアと
(一九四八年の夏、船員としてベネズエラとコロンビアのカルタヘナへ行った)
四九年の六月、可愛いロビンと、かの女は雪のなかでダンスしたっけ、そして同じ年の夏
の終わりに、もう一度、ロビンと一緒に

この広大な太平洋を望む大地　　青く煙る海岸線
霧とはるかかなたの輝き　　雄大なコロンビア川の流域
東部太平洋の西のどこか
静かな場所にわたしたちはいる　　昼の車輪のなか

くつろぐのは　　　無への入口
ただ前進あるのみ。

岩に腰をおろし、空間をじっと見つめる
山頂のノートに名前を残し
下山の準備

この世のある運命へ下りてゆく

'Some Fate'

一九八〇年の噴出

数世紀、数年、そして数ヶ月の——

小さな噴煙をあげ
雲となり、シューッと音をたて
唸り　　ドンと足踏みをして
震え　　膨張し、真っ赤になって
輝き　　盛りあがる

たびかさなる地震、振動、轟き

山が動く

一九八〇年、五月十八日、午前八時三十二分

過熱された蒸気とガス
砕けた白熱の丸石が盛りあがり、空をとぶ
燃えさかる空の川、吹きつける
焼けた溶岩の雹
嵐のなかの巨大な氷山、爆発する泥
すべてを噴出し、膨れあがり押しよせるうねり
雲のようにひろがる岩の小片
水晶、軽石、火山ガラスの破片
冷えて固まったものが吹き飛ばされる――
無数の高い樹木がなぎ倒される
黒ずんだ灰色の大きな煙のなかで電光がダンスする

送受信兼用無線の落ちついた声
元海軍の無線技師のボランティアが

その光景を伝える——そのとき
かれが言う、熱い黒い雲が
こちらへ押しよせてくる——なす術もなく
ただ運命を待つだけ

写真家の焼けたカメラは
なかば溶けた写真でいっぱい
三人の木こりとかれらのトラック
荷台に転がっている灰色の沈黙したチェーンソー
熱い泥のなかをもがきながら押し流される二頭の馬
取り残された灰まみれのピックアップ・トラックには
仰向けになったまま動かない子ども

かき乱された大地のはらわたの屑、火山灰の雲はおよそ二〇キロの高さ
灰は東へ、小麦畑に果樹園に雪のように降りそそぐ
広島の原爆五〇〇個分

ワシントン州ヤキマは、真昼も真っ暗

'1980 : Letting Go'

噴火地帯

二〇〇〇年、八月下旬。

リノからポートランド行きの朝早い飛行機に乗り、フレッド・スワンソンと手荷物受取所で待ち合わせる。ポートランド空港を出て、新しい道路、新しいハイウェイを走る、フリーウェイ二〇五号線を北に行くとコロンビア川に架かる橋がある。橋脚は川の中ほどにある島に立っているが、そこへ行く道はない。そこは貧弱なハコヤナギが生えている島で、かつてディック・メイグスと一緒にボートで渡り、砂州でキャンプをしたところだ。送電線の鉄塔のあたりにはブラック・ベリーが生い茂っている。

あっという間にワシントン州だ。さらに北にむかい、州間道五号線に合流する。バトルグラウンド、クーガー方面の標識。ルイス川を渡ると、コロンビア川は左手になる。カラマ川、古いトロージャン原子力発電所を過ぎ、キャッスル・ロックへむかう。またフリーウェイだ、町の標識はない——町は西の方角——それからトゥートル川渓谷を走る新しい大きな道路に入る。噴火によって古い道路や古い橋のほとんどが押し流されてしまったのだ。

(思い出すのは、二車線のハイウェイ九九号線、そして食料品を買うのにキャッスル・ロックに立ち寄ったときのこと。そこにはバーがあって、客はハンターと木こり、店の壁には鹿の枝角がところ狭しと飾ってあった。東のスピリット湖へむかう道路は、町を出たところで急な上り坂になっていて、その先は川沿いになだらかな上りになっている。あたりは植林地と牧場、小さな家や納屋、そして自給自足の農場があり、農夫兼木こりの人たちが暮らしていた。) 涼しい空気、快晴、緑あざやかな木々。

シルバー湖畔にある新しいセントヘレンズ山ビジター・センターは、フリーウェイのすぐ近くにあるので、州間道五号線を利用する旅行者は、すこしばかり回り道をして、立ち寄ってみるのもよいだろう。そこは広々としていて、奥には小さな映画館があり、建物の中央には中まで下りてゆける大きな火山模型があり、その中心では、地球の核から噴き上げるマグマの様子が精巧に再現されていて、それを円柱状のガラス越しに見ることができる。

センターは、さまざまな言語を話す人びとで混み合っている。写真や地形図を眺めているうちに、どのような変化がこの地にもたらされたのか、だんだん実感がわいてきた。トゥートル川の火山灰泥流が、およそ一〇〇キロ離れたコロンビア川まで流れ込み、その大量の灰と泥が主要水路に沈積したため、船の航行が不能になってしまい、浚渫《しゅんせつ》作業に数週間を要したという。

わたしたちはハイウェイをひた走る。あらゆる機関が名乗りを上げて、地元で（最終的には議会によって）集められた復興資金をどのようにして得ようとしたかを、スワンソンが説明してくれる。それぞれが出してきた提案はこんな具合だ。地質保全局は、一、六五〇万ドル分の草の種と肥料をその地域全体に散布したがった。森林局は、なぎ倒された樹木を回収し、植林をしたがっていた。陸軍技術戦闘部隊は、沈殿物をくい止めるダムを造りたがっていた。（実際いくつかは造ることになった。）フォレスト・エコロジー・マインド（多くの地元住民、環境問題に意欲的な人びと、そして行動的な科学者たちから成る団体）が勝利し、指定地域内では復興作業をいっさい行わないことが決められた。自然の遷移にまかせ、ゆっくり時間をかけることになった。フレッド・スワンソンは地質学の専門家としての教育を受けたあと、オレゴン州のアンドルーズ森林地帯で、森や河川の生態学調査の職に就いた。最初からスワンスンは、セントヘレンズ山を研究してきたのだ。

戦闘部隊は、数百台もの巨大なトラックとブルドーザーを使って、トゥートル川での作業に取りかかった。スワンスンは、本道からわき道に入り、五、六キロ走って、新しい河道に土砂の堆積による洪水を防ぐために造られた砂防ダムを見せてくれる。展望台の駐車場は、今ではあまり訪れる観光客もなく昔の面影はない。そこは部分的に閉鎖されていて、ハンノキが生い茂っている。ダンプカーが止まるようになったので、訪れる人はめっきり減った。しかし、その砂防ダムのお陰で、新たな土砂崩れをくい止めているのだ――しばらくの間は。

ダムも川の土手も道路もすべてが「火山灰の灰色」。新しい橋、新しい道路、あれもこれもすべて再建されたものだ。スワンソンによれば、噴火のあと数年間は、スピリット湖の西側へ行く道はなかったという。湖や山に近づくには、その北側の何本もの小道をとおって、迂回するしかなかった。湖の東側からウィンディ・リッジまでは車で行くことができた。そしてしばらくして、州間道五号線から、湖の西側の尾根まで行ける州道の新しいハイウェイが造られた。いまでも湖のほとりまで車で行くことはできない——その辺りは、軽石、灰、そして砕けた岩で被われている。

新しい道路の建設は多額の費用がかかる大事業だ。道は古いトゥートル川の河床のうえを山腹に沿って走っていて、途中には立派な橋がいくつかある。それからコールドウォーター・クリークの流域に入る（かつてここが原生林だったころ、この流域をハイクしたことがあった。トレイルを歩く以外にここへ来る術はなかった）。道は谷の先端で大きくカーブし、それから長いスイッチバックの登りが続く。コールドウォーター・クリーク上流の圏谷には、古い灰色の丸太がたくさん転がっている。丸太と丸太の間やその周りには、焼け跡に生えるヤナギラン、そしてヤマハハコ、学名「アナファリス・マルガリタセア」（母子草）が咲き乱れている。背丈が九〇センチから三メートルほどの、葉の裏が銀色をしたモミの若木が、丸太の陰に根を押し込むようにして育っている。それに背の高い花がまじりあう。

やっと高い尾根に着く。そこで亡くなった若い地質学者ジョンストンにちなんで名づけられた尾根だ。その端まで歩く。そこから先は道がない。とつぜんルーウィットの全貌と湖水盆地の一部が目の前にあらわれる！　新しい姿で、この紫がかった灰色の光のなか、あちこちで噴煙を上げながら。

白いドーム状の頂きは叩きつぶされ低くなり
北側には口をあけた噴火口、噴気孔から立ちのぼる煙
斜面を滑走し、すべてをなぎ倒しながら、浜辺まで押しよせた溶岩
そこには灰色の長い扇状の地形が広がっている
暗い原生林は姿を消し　陰はない
湖には吹き飛ばされた丸太が、白い骨のように浮かんでいる
火口の付近の削り取られた峰、岩肌が露出した地層
尾根の頂にある明るいプラザに目をやると
あっけにとられた眼差しの観光客で一杯

「白い女神」はもういない

しかし、　火の女神ペレ、そして火生の王——不動明王の
燃えさかる印のもとにある
不動は、輪縄を手に、燃えさかる溶岩に座り
性懲りもない者どもを、地獄から
有無を言わせず、輪縄でとらえる、
ルーウィット、ラウィレイトラ——「煙をだす」女神
それがこの山の名前

'Blast Zone'

ゴースト湖へ

景色のよい西側の尾根から歩いて車にもどり、キャッスル・ロック、そして五号線まで引き返し、山の巡礼を車ではじめる。まずは北へ、それから東へ、カウリッツ・ヴァリーをめざす。カウリッツ川には、レーニア山の南側の氷河とアダムス山の北西部の渓流が流れ込んでいる。「カーターズ・ロードハウス」で夕食——昔ながらのおっとりした、それでいてイカシた接客の店で、バーもあり、郷土史の本を出している小さな出版社でもある。それから林道を南へ曲がり、シスパス川のほとりにあるアイアン・クリーク・キャンプ場へ、暗闇のなかでグランド・シートを広げる。

翌朝、シスパス川支流の砂利の浅瀬を歩く、スギの原生林からたれさがった苔を避けながら進み、モミの葉のうえに座って熱いお茶をすする。バウンダリー・トレイルへ車でゆき、峰に延びる曲がりくねったトレイルを登ってゆくと、曲がり角のむこうにいきなり視界がひらける。山だ、気がつくと噴火地帯のなかにいる。

湖を取り囲む窪地には、噴火の爪痕が広がっていて、山と直線で結ばれているあたりは、何もかもがなぎ倒されている。ツルツルの白い丸太、立っているものは一つもない。そのとなりの区域では、被害を受けた木は枯れてはいるが、まだまっすぐに立っている。それから「灰を被った木立」と呼ばれる区域では、降灰によるダメージは著しいものの、ここの木はどうにか生きている。また、幸いにも噴火の被害を逃れた区域では、緑の森が残っている。噴火口からの距離、方向、そして傾斜の違いによるものだ。はるか遠くには、健康な原生林の森が広がっている。

この区域の端からは、新しい模様が広がっている。一方、そのなかでは、被害を受けていない植生が、点々と小さな島のように生き残っている。場所によっては、まだ雪に被われているところもあるし、雪はくぼみにも残っている。ウィンディ・リッジから見ると、丸太のカーペットのほとんどが湖の北の端に浮かんでいる。

尾根づたいに数キロ歩いて、火山の斜面へ行く。すべて火山灰と岩だけ、ここには森の再生はない。太陽の光はアリゾナみたいに暑く乾いている。

再び車にもどり、ノルウェイ・パスのわき道へむかう。（一本の矢が枯れた木に突き刺さっているのが見えた。かなり高い位置だ、下手から撃ったのだろう。でも、なぜ？　どうやって？）それから北へ、グリーン川渓谷とその向こうに高くそびえるゴート山の尾根を見にでかける。このあたりは北で、かなり距離も離れているので噴火の影響はない。グリーン川渓谷へ下りてみると、人の手を加えない自然遷移にゆだねた火山記念物の「環境保護区域」と、伐採と植林を繰り返してきた隣接する国有林との境界線がはっきりわかる。植林はしっかり根づいた。自然遷移の噴火区域では、針葉樹が育っている――倒木や花の日光をさえぎるほどには成長していないが、しっかり根をはっている。しかし「植林された」区域では、自然のものより成長が早く、密集の度合いも高い。驚くことはない。野生本来の成長過程には時間がかかるし、自然は雑多な予期せぬものも許容してくれる。そのことについて、わたしたちは、まだほとんど何もわかっていない。自然界のこの再生計画には、それ独自の美的、霊的、科学的な価値がある。自然と人による管理、その両方を観察することが、来るべき世紀にとっての智慧となるだろう。

幼い植物は、先が尖り、堅くて、そして華奢、ぎこちなく震えている、昔ながらの変わらぬそよ風に。

その晩は、見晴らしのよい尾根の頂でキャンプした。小さな火、温かいそよ風、雲ひとつない星がまたたく夜空。噴気孔から立ちのぼるかすかな硫黄の匂い。朝になると、雲のような霧が太陽を被う。霧はコロンビア渓谷から立ちのぼり、ここまで続くV字に深く刻まれた谷をすっかり被う——しばらくの間、近くにあるわたしたちのトラックのあたりを漂う。

灰まみれの固く圧縮された軽石のうえに、畳んだグランド・シートを置き、それに腰をおろして、わたしたちはまた話し始める。フレッドは、「本来のもの」と「修復したもの」の違いについて説明してくれる。古いとはどういうことか？　新しいとは？　回復とは何か？　それからわたしが、韓国のハングル文字が、他のどんな表記法よりも勝っているかについて長々としゃべった。でも話のきっかけは何だったのか？　プリマスのガス・コンロがシューシューと音をたてている。わたしは日本での十年間の暮らしについて話をした――「鉄道沿線には三〇〇キロ以上にわたる細長い工場地帯と、遠くには十回も植林を繰り返した山が続いているんだ。広島には二度行ったよ。ウドンがうまかったな、活動家たちと緑がいっぱいだった――大丈夫だよ」

フレッドの精神は、シエラの夏の朝のように開放的だ。わたしたちは多くのことを語り合う。しかし話題が森林や噴火や経済と生態系のバランスにもどると、わたしは黙って、フレッドの話を聞く。

熱い緑茶
霧のなかの丸い太陽
鎮まりかえる白を纏ったルーウィット
かすかに灰をかぶった新しい噴火口の頂き
朝の噴気孔からはいく筋もの噴霧が立ちのぼる――
「ハー」……「ハー」

帰るまえに、最後の小旅行、ゴースト湖へのハイクだ。ヤマハハコ、ハックルベリー、それにヤナギランの群生が続いている。

立ち枯れた白い木々のなかをゴースト湖へむかう
倒木を縫うように通り抜ける、ここのトレイルは近ごろ整備されていない
軽いチャコ・サンダルで跳ねながら、ハックルベリーをかじり、丸太のうえを歩く、ソックスなしの両足は埃だらけ
四九年に、この湖のあたりでトレイルの仕事をしたっけ
あのころ、この場所もわたしも青かった

'To Ghost Lake'

ヤマハハコ

湖までトレイルを歩く
赤い実をつけたナナカマドとニワトコの木
新しい灰の「涸谷《ワジ》」には、
噴火で吹き飛ばされ、打ちのめされた原生林の丸太が散乱している。
ひっくり返された縺れた根は、まっすぐ伸びた背の高いヤナギランにかくれている
傾斜地には、噴火で根こそぎにされた丸太が
南北に広がっている、銀白色の
枝もなく樹皮もない柱――
高山の尾根の頂まで、はっきり見えるのは
爪楊枝のような枯れ木
数千回の夏が

岩屑《デトリタス》循環の眠りについている
——日向は耐えがたいほど暑く、乾いている——これからの倒木の長い一生は
ヤマハハコの茂みのベッドのなか
密集した白い花
草むらのように震えるモミの若木
かつてここにあったクリークは「調和《ハーモニー・フォールズ》の滝」だった
これまでの山は
すこし破壊され形を変えた
あのなめらかなドームは姿を消し
いまはギザギザの頂

これまでの湖は陰《いん》だった——
いま、まばゆい水は空を映す鏡
モミやツガの時代を思い出す——
マグマや山に責任はない
そして、湖のほとりに倒れているきれいな丸太に座る
水は紅茶のように浅黒い。

セントヘレンズ山に助けを求めたことがあった
登山したその日、　かの女はそれに応えてくれたようだ

木々はすべて一様にひれ伏していた、　まるでシッダールタが出かけた
あの盛大な宴のあとのよう、その夜かれは出家したのだ、
若い友人たちはセクシーなダンスに酔いしれ
数十人が床で寝入ってしまった

眠って酔いをさます、天使のような男と女。
神々の酒神祭の宮殿、しかし「わたしたち」の目に
映るのは、群生する白い花々が
点在する「噴火地帯」

「人間中心の見方に、騙されてはならぬ」と道元は言う、
シッダールタはそれを吟味し、こっそり抜け出す——森を求めて——
——生と死の問題に集中するために。

「求めよ、さらば与えられん」
しかし、それは想像をはるかに越えた方法でやってくる
——ありがとう、ルーウィット、ラウィレイトラ、「煙をだす母」
グラシアス　謝謝　慈悲の女神

'Pearly Everlasting'

一日を楽しむ

ある朝、ルーウィットの東側の尾根で
キャンプ用コンロのコーヒーを飲んでから

若くて年老いた火山を見ている
蒸気と硫黄を吐き出している山
朝焼けの溶岩層
雪の窪地

一本のツガの木陰へ行き
昔の先生たちに、「いまどこにいるのですか?」とたずねたいったいどうしたんだ？

師いわく

「新しい友人たちよ、愛しい老いた木の霊たちよ
　さあ、またやってきたよ。一日を楽しみたまえ」

'Enjoy the Day'

Ⅱ さらに古い物質

つかの間の歳月

若い詩人と
プータ・クリークのほとりで

パリパリ音をたてる枯葉の
埃っぽい大地に腰をおろす
南のフリーウェイから低い轟音がきこえる
黒胡桃の木陰で
胡座《あぐら》をかき、熱い
　　短詩を交換する

'Hanging Out by Putah Creek with Younger Poets'

さらに古い物質

宇宙空間からやってきた　黒い石の雨が
南極大陸の　濃い青の氷のうえに
二、七〇〇メートルの高さで　数キロにわたり散らばっている
砕かれて、そのなかにある　物質は
わたしたちの太陽より、さらに古い時代からやってきたもの

（エルドリッジ・ムーアズとキム・スタンリー・ロビンスンとの会話より）

'Yet Older Matters'

夜空の華

山火事が北に燃え広がっている、と思った
黄色の防火服、ヘルメット、ブーツをトラックの運転台に投げこみ

エンジンを吹かし、砂利の坂道を上がってゆくと
見晴らしのよい平地に出た。
空にゆらめく青緑色の斜光と赤い輝き——
とまる。太陽面の嵐。吹き抜ける太陽微粒子流

（赤いオーロラの夜——南は北カリフォルニアまで見えた、二〇〇一年四月）

'Flowers in the Night Sky'

バケツの凹み

バケツの凹みをたたいていると
啄木鳥が
森のなかから応えてくれる

'A Dent in a Bucket'

ジャックウサギの赤ちゃん

地面にジャックウサギの赤ちゃん
まだらなふわふわな毛皮
先端が黒くて小さな尾
首の後ろを食われている、
フクロウの命の糧。

'Baby Jackrabbit'

仕事の日

欲しいものは——
二四ミリ径の短い塩化ビニルの給水管
三メートルの煙突掃除用ブラシ
草刈り機の刃を研いでくれる人
丸太用の鎖、

隣人たちの春の仕事。

　チェーンソーのおが屑
　土がこびりついた踏み鍬
　リンゴの花とミツバチ

'Work Day'

アジア梨

ほっそりしたアジア梨の木が、禅堂のそばにある
剪定したことがないので、見映えはよくない
水をやったこともない、枝は伸びほうだいだ
それでも実をつける
　まわりの柵は壊れ、
樹皮はめくれあがり
枝は曲がり、高いところに引っ掻き傷——

梨は熊のもの

'Asian Pear'

ひんやりした泥

スズメバチの大群のなかで
リスが水を飲んでいる
両脚はひんやりした泥のなか、頭を下げて

'Cool Clay'

捨てなさい

仏法の話が終って家へ歩いてもどる
夏の乾いたマドローンの
葉がカサカサと落ちる

「捨てなさい！　捨てなさい！
いいとも！」と葉っぱがいう

'Give Up'

こんなふうに

小鳥たちが　飛び回る
枝から
枝へまた枝へ
枝から枝とまた枝へ

'How'

パシッ

緑の松かさの薄片が
引っこ抜かれ、まわりをきれいに囓られて
ゆらゆらゆっくり落ちて
地面に散らばっている
　パシッと屋根にあたる音。
木のてっぺんでは、リスたちがご馳走を食べている
――小刻みに震える松の枝。

ミャーオ

茂みから飛び出した
山猫が家猫を追いかけ回す
激突――ミャーオ――沈黙。

'Whack'

松の花粉がまた積もる。

'Yowl'

四月の呼び声と色彩

緑色のスティール製のゴミバケツ
パタパタ音をたてる黒いプラスティックのフタ
七面鳥の鳴き声みたいな音をたてるペチャンコになった段ボール、
遠くで、トラックのバックする音

'April Calls and Colors'

独り芝居

コインを頑固に拒否するパーキング・メーター
鎖をまかれ鍵をかけられた巨大なスプリンクラーの安全弁のハンドル

赤と白に塗られた消火栓
舗道のはしっこに咲く若いタンポポ一輪

'Standup Comics'

空、砂

川岸にはハコヤナギ
　水しぶきをあげ川を遡る
黒いフェーベのピィピィピィという鳴き声は、ここ、そこ——
旋回しているメキシコの黒タカ——ちらっと空に目をやる
靴のなかは砂だらけ

（アリゾナ州アラヴァイパ渓谷）

'Sky, Sand'

町へ行く道に咲くミゾホオズキ

切り通しの岩壁のすき間に
桃色のミゾホオズキが群がって
咲いている
　　ひっきりなしに通る集材用トラック
その熱い排気のそよ風に
ぎこちなく震える――
ミゾホオズキは枯れない。

'Mimulus on the Road to Town'

ターセルは若い雄のタカ

むかしの鷹匠は一孵《かえ》りの三番目の卵は雄だと信じていた。それで若い雄のタカを、ラテン語の「テルティウス」（三番目）に因んで「ターセル」と呼んでいる。でもなんで、自動車メーカーがそんな名前をつけるのだろう。

ガソリンのキャップをはずして
それを仕事着のベストのポケットに突っこむ
生け垣と空きビンで一杯のゴミ箱のそばに
銀色のターセルが止まっているではないか
――わたしはトヨタの古いトラックに給油する。

‘A Tercel is a Young Male Hawk’

鮮やかな黄色

「オザーク・トラック輸送」のトレーラーが
フリーウェイでわたしのすぐわきにやってきた、なんて鮮やかな黄色！
ブルドーザーより鮮やかな黄色だ。
けさジェームズ・リー・ジョーブが、テキサスに咲く
野生の青いルピナス花と
濃紅のカステラソウについて話してくれた。

「遠くからね、その二つが一緒に咲いているのを見ると
それがまぎれもない紫の野原に見えるんだ」
おい――あの黄色い車線の
右側を走らなくちゃ

'Brighter Yellow'

サケの好みに

黒ずんだサケが痙攣しながら産卵をする
水面のさざ波のすぐした
ユバ川下流の浅瀬

河床――昔に採掘された砂利は
氷河の流出したものにそっくり
パークス・バー橋の下はサケの産卵床にもってこい。

（水圧採鉱によって、ユバ・ゴールドフィールズは
アラスカの氷河土のようになった）

'To the Liking of Salmon'

'Brief Years'

氷河の亡霊たち

七月下旬——北部シエラ、ファイヴ・レイクス・ベイスンとサンド・リッジにて

サンド・リッジの東のはずれに位置する東の湖、氷河が運んだ巨石が基岩の上で傾くその岩の隙間でキャンプ、木片と樹皮と松かさのベッド。

傾いた迷子石、その下の砂利の寝床
　寒さで寝つけぬ夜
——ぼくの髪は蟻だらけ

□

平らな花崗岩のうえで昼寝
半分は陰、けして聞き飽きることはない
松をわたる　風の音

□

ピーコは高所恐怖症
険しい崖をよじ登った、四つん這いになって
とはいえ登った

□

餌のバッタをつかまえて
生きたまま針につける
——コツを呑み込む

□

ある詩人がからかっているのは
キャンプファイヤーのそばのアレン・ギンズバーグ
「なんで、きみだけみんなにもてるんだ?」

□

はじめは、おぼつかない
脚、足取り、そして目の動き　ピョンと跳ね、また身体が学ぶ
散らばる岩を軽く飛び越えていく

□

急勾配の氷原を
グリセードで降りはじめる
みんなが「ゲーリー、やめろ!」という
だけどぼくはピッケルを知っている

□

高地の湖に飛び込む、水面に顔を出すと
　流れ出す滝がすぐそこに見える
遠くには　　シエラ・ビュートのそびえ立つ頂

□

疲れた、小さな池のところで登るのをやめ
そこでキャンプ、平らな岩をベッドに
　月が出るまで眠った

□

氷河が削った池、ふぞろいな松の木立
はるか彼方まで広がる視界、花咲く湿地
　丸石は落ちつくところを求め

たくさんの場所をさまよう
　永遠に

□

ガラガラヘビの肉の贈り物
　パック詰めの
スモークされた肉
味はどう？

□

避難所は曲がりくねった松の木陰——
　暖かな夜
ときおりジェット機が星空をよぎる

□

丸めたり広げたり、詰めたり解いたりを繰り返し
散らばっていく事物
——苦悩にみちた、かりそめの世界

□

グラウス・リッジ（雷鳥尾根）を縦走する——頂から頂へとつづく
マンザニータの群生を
越えていく——ライチョウを追い立てながら

□

フォチェリー湖から流れ出るクリーク
急流にはまった
老いた白い犬
——たくましい若者たちがそいつを救った

□

グレイシャー湖からの帰り道
　トレイルを歩いていると
ＫＪがＴシャツをたくし上げ
　「ほら、おっぱいだよ」
ふたつの小さな尖った乳首、この娘は九つ。

□

　　草原のなか
　サンド・リッジの西の端
　　みんなが蚊に刺される
だけど、ナナオとぼくは例外――なぜ？

□

サンド・リッジ

　よくいままで生き残った――
砂利だらけの氷河の堆石が三キロつづく斜面
　砂と夏の雪と耐寒性の花ばな
　　梳る風はいつも
海から、山をこえ、谷をわたってやってくる。
　　あの背骨を歩く
　更新世の氷原の亡霊たちが
下へ遠くへ　　尾根の両側へ手足を伸ばす
　　　　あの道を

'Glacier Ghosts'

Ⅲ　日々の暮らし

さらに言うべきこと

ラフリンの『全詩集』のゲラを読みながら
跋文を書いている。
パウンドを語るJはなんと優しいのだろう
　　あのころを思い出す……

二十三歳のとき、鞭うつ灰色の風のなか
北カスケード山脈の北端にある火の見小屋に座っていた
岩と氷のてっぺんで、どうしようか考えていた
　　パウンドを聖エリザベス病院に訪ねるべきかどうかを。
結局そこへは行かず、わたしはバークレーで中国語を学び、日本へ行った。

Jは女性たちを愛している
かれの愛を求める愛、献身、苦悩、苦悩の原因
　　すべてがそこにある。

わたしはいま六十三歳、十歳の継娘を迎えに行く途中
　　そしてカー・プールの車線を走る。
郡監視委員会に前任の監視員に関する五ページの
報告書を書き終えたところだ
　　現在その人物は有給のロビイストで
事実をねじ曲げ、嘘をついて給料をもらっている。こんなこそ泥を
相手にしなくてはならないのか？　そう、そのとおり。
ジェームズ・ラフリンの原稿が机の上にある。
昨夜おそくに、かれの澄みきった詩を読んでいた
そしてバートン・ワトソン訳『蘇軾《そしょく》選詩集』の
　　跋文を書くことになっている。

九月の暑さ。
「河川流域協会」の会議、
　「土地管理局」とさらなる交渉をすることになっている。
そして中国からは訪問者があり、この森林科学者たちは、わたしたち地元民が
　どのように計画を進めているか知りたがっている。
新聞の社説はわたしたちのやり方に反対していて
　植物学者は沼地の希少な植物に注目している。

Jが詩で恋人たちの物語をどのように書いているか、考える——
　じつにたくさん書いている
　それが、たまらなくいい

とても無謀で大胆——馬鹿げているだろうか？
長いこと結婚している男が
恋人についてそんなにたくさん書くなんて。そして思う、
おれはどれだけ知っているのか？

何を言うべきか
あるいは言うべきでないかを、何を語るべきか否かを、誰に、
あるいはいつ、

さらに。

（一九九二年）

'What to Tell, Still'

強いスピリット

韓国の偉大な詩人、コウ・ウン（高銀）のホスト役を努める。
今朝、暗がりのなかでモーテル・エコの床に座って
ザ・ローマのカフェ・ラテをスティール製のカップにたっぷり入れて
鉛筆でメモした日程表をながめていた。
学生たちとランチ、セントラルヴァリーでフィールド・トリップ
水鳥は？　コールド・キャニオンは？　ケヴィン・スターと州立図書館へ？
チャーリーが講師料を配慮してくれて、アギー・デイヴィスのゲストハウスを一週間提供
　してくれた
それは平らな谷を流れるプータ・クリークのほとりにある
このクリークは、百年前に技術者たちが川の流れを変えて造ったものだ。
わたしは電話と電子メールでこのプランを立てる。

学生たちと詩人たちにザ・カフェ・カリフォルニアに集まってもらう
あの韓国人の大学院生にも
かれの専攻は十九世紀文学、おそらくキリスト教徒だ
でも協力してくれるはず。パクの奥さんのデルフィナは韓国人のカトリック教徒
詩集を見ると、不快感をあらわにして、コウ・ウンって
仏教徒なのね！　という――ポエトリー・リーディングには来ないだろう。
カー・ウォッシュに行って、シエラの泥を落とす
そうこうするうちに空港へ迎えにいく時間だ。かれの強い奥さん、サン－ファもソウルか
　ら一緒にやって来る。
最初にオールバニーへ行って、クレア・ヨーをひろう
バークレーで韓国学を研究している女性で、古いユーカリの森の近くに
住んでいる。子どものころ、カリフォルニアを訪れたとき
その森の香りにびっくりした――わたしはいまでもその香りが好きだ。

空港の税関で会う
わたしたちの友人で、昨年の秋に亡くなった
詩人で翻訳者のオッ－クウの死を悼む

かの女の墓地は海に近い丘の上にある。
真西にある丘へむかう
風に吹かれながら、草深い丘を歩く
コウ・ウンはオッ－クウの墓に焼酒《ソジュ》を注ぐ
わたしたちは深々とお辞儀をする
——この世を去ったすばらしい詩人の霊《スピリット》に酒《スピリット》をたむけ、それから生者で盃を回す——

強いスピリット。

（二〇〇一年）

'Strong Spirit'

船長とカキを分けあう

「一五七九年六月十七日、フランシス・ドレーク船長は、現在かれの名前が付いている
ファラロン諸島がある湾へと、ゴールデン・ハインド号の針路をとった。そこで白い崖
を目にしたドレークは、その土地をノヴァ・アルビオン（新しいイギリス）と名付けた。
かれは三十六日間カリフォルニアに野営し、その間に船を修繕し、土地のインディアン
たちと接触し、内陸を探検して、水と食料を確保した。そしてこの地をエリザベス女王
のものであると主張した」

道端には、ノコギリソウ、エニシダ、雑草が生えている
丘には、江戸の木版画のような幾重にも層をなした枝ぶりの木々
嵐で曲がった——珍しい木——ビショップ松、別名カリフォルニア松だ
アスファルト道路が、ミウォーク族のかつての小道を

「M」や「ピアス」といった初期の牧場があった場所を抜けていく
　　　――キツネが茂みに飛びこむ
風が刈りこんだチャパラルの藪、そして
入り江の干潟、傾斜する丘
厳密にいえば、大陸から切り離された
海洋プレートのうえにある「浮島」

――内陸の花崗岩と
金が埋もれた丘　マドローンと杉の丘から下りてきたのだ。
いまは、農業用レーザー・レベラーと
巨大な掘削機が造成する分譲地から――土木技師たちが下りてくる
「カリフォルニア」は海岸の霧の壁に隠れた

ドレークは、茶色く枯れた草と灰色がかった緑の松をちらりと見て
船を海岸の入江へ進めた。陸へむかってボートを漕ぎ
波打ち際に糞をして、オークの木に文字を刻んだ。

「G」牧場はヘレフォード種の牛を放牧している
チャーリー・ジョンソンは日本式の巧みな養殖法で
カキを育てている
そして霧の壁のむこうには
陽が降りそそぐ草の茂る丘や
カモが集まり、イグサの育つ湿地が広がっている。
狭い尾根の道を辿ってきて
わたしたちが、いまだに持っているもの
それは、このイギリス——このアメリカ、この土地の言葉。
——ドレーク湾の崖はサセックスのようだ——
灰黄色のシルト岩、泥岩、砂岩
起伏する丘や谷——数キロ続く霧の日々。

灰色の斑点がついたベンチ・ボードの地衣《こけ》。
太陽で暖められた
駐車場では車の脇にカモメたち。

ガロ社のシェリー酒がはいったシエラ・カップを一杯
大地と海に捧げ
わたしたちはビンにはいったジョンソンのカキを食べる

サックの一口を船長に捧げる
それと生ガキをひとつ。
船長がけっして見ることのなかった陸地から
フランシス・ドレーク卿に敬礼、乾杯。

'Sharing an Oyster With The Captain'

九七年の夏

　真四角の古い母屋の西側、池を掘ったときに盛った土のうえ、そこは
　　かつてわたしたちが外で寝た場所
　　　トランポリンがおいてあったところ

大地の霊よ、生コンクリートを積んだトラックが
ギシギシ音をたてて走っても、どうか気にならないでください
植物の霊よ、しばらくお待ちください
そしてまたもどって来て、微笑んでください

溝、配管、そして排水
コンクリートの型枠、生コンを流し込み、床下の隠れ戸

家造りが始まる。

電力は太陽
下見板はスギ
骨組みは皮をむいた丸柱
泥の上には砂利、そして
資金はボリンゲン賞でもらった賞金――

木の皮をむくのは、ダニエル
歌っているのは、モス
釘を打つのは、マット
設計に頭をしぼるのは、ブルース
配管は、チャック
石膏ボードは、デイヴィッド
　　ステインを塗っては、斑《むら》をつくる
排水用石材は、スチュー
電気の配線は、カート

冷たいビールは、ゲーリーの仕事
元気な笑い声は、キャロル
　かの女はしばらく家を離れる、
　仲間たちは悲しむ
ペンキ係は、ゲン
　窓枠すべて
　今回もゲンの色、赤

菜園のキューリは、ランチに
トマトは、そのままガブリ
屋内の塗装にご満悦なのは、トー
屋根瓦は、テッド
丸まった屋根用防水シート
おが屑
運搬用のトラック
屑を燃やすためのドラム缶
古い寝室が姿を消す

野生の七面鳥がじっと見ている
鹿は軽蔑の眼差し
ウシガエルは喉を鳴らしている

デイヴィッド・パーメンターが床材を
　　夜に届けてくれる
かれの製材所は焼けてしまったけれど
それでもやって来るという。

シンドラはシャワー室の壁のタイルに
マンザニータの図柄を描く
障子は
新しい床を滑らかに動く――

古い母屋は大きな広間になった
馬小屋くらいの広さだ

蜂蜜酒の入ったマグをテーブルにドン
ロビンには詩を書く部屋ができた
それからもう夜に外の便所まで歩かなくていい。

キャロルがついに家に帰ってきて
たくさんの部屋をのぞいている。
オークと松の木がだまって見ている
古いキットキットディジーの家の
増築が完成——

というわけでグラスを満たし、みんなで歌う——
この上なく楽しかった
九七年の夏。

'Summer of '97'

本当の本物

コウ・ウンとリー・サンーファに

フリーウェイを南にむかい、それからビジネス八〇号線を東へ
そして州間道五号線に入る
標識やいくつにも分かれた車線に注意しながら
トラックの後ろを避ける、午前十時にはすべての車が
時速一二〇キロで走っている
これはメキシコとカナダを結ぶ道路だよ、とコウ・ウンにいう
サン・ディエゴを通って――LA――サクラメント――メドフォード――ポートランド
――セントラリア――シアトル――ブリティッシュ・コロンビアのベリングハムまで、ずっとね
新しい郊外の宅地開発が進んでいる
建築中の切妻屋根にセメント瓦がきちんと積み上げてある

トゥイン・シティーズ・ロードへ入り、それからフランクリン・ロードへ
きれいで小さな、ほとんど野性のままのコスムネス（Cosumnes）川のそばに車を止める
そこはちょうどモカラミ（Mokelumne）川が合流する場所
（umne とは、「川」を意味するミウォーク語の接尾辞）
川辺のガマ、イグサ、タニワタリノキ、小さなオークに囲まれた小道を歩いてゆく、川には藻がみえる。鳥はほとんどいない。
道の反対側にある板張りの遊歩道に出て、ロスト・スルーという沼地へいく
――イグサが伸びすぎて、あまりよく見えない。遠くからフリーウェイの騒音
四羽のカナダヅルがゆっくり歩きながら、首を折り曲げ餌をついばんでいる。
それからトゥイン・シティーズ・ロードを西へ、やがて川にでる。
ロックの町に入り、車を止め、人通りの多いセカンド・ストリートを歩く
建物は見るからに不安定で、どの家も二階部分がせり出している
ピカピカのバイクが並んでいる――珍しいコントロール・パネルの大きなBMW
コウ・ウンの希望で、ロック・ガーデンズ中華飯店で食事をする
つまらない音楽のエンドレス・テープが流れている、隣のテーブルには白人のカップル、
男は髭を生やしている、別のテーブルには黒人の女性がひとり、丸頭の見るからに賢そうな二人の男の子が一緒だ。

それからウォルナット・グローヴの町に入り、東へむかうJ－11に出て、沼地を一つか二つこえ、それからスタテン・アイランド・ロードを南へ。道はまっすぐで、周りは一面平らな田んぼ、「侵入禁止」「キャンプ禁止」「狩猟禁止」「畦に入るべからず」といった立て札がたくさん立っている。

車を走らせながら、思ったほど姿が見えないので、諦めようとしていた。

Uターンして、路肩にたち、双眼鏡で畑を見る。

作付けされていない――平らな農地――水に浸かっている

鳥たちでいっぱいだ。さらに遠くを見ると

数百羽のカナダヅルがゆっくり歩いている――そのとき

あのゴロゴロ喉を鳴らすような鳴き声をあげながら鶴たちが、三羽、二羽、五羽と群になって、四方八方から舞いおりてくる

旋回、逆旋回、上下に滑空している

大きな銀色の体、長い首、頭に赤い印がある

全部ばらばら、リーダーはいない、鳴き声の和音、ふざけている――いったい鶴たちは何をしているのだろう？　どこからともなく、やってくる数千羽の鶴、見事だ

そしてデイヴィスの町にもどる、六五キロ、四十分

いったいどうなっているのだろう？　　思い出しても震えがくる
五号線からほんの数キロはずれた場所の
湿地で、ずっと昔から続いている　　いわゆる
「ほんとに」本当の　　世界。

（二〇〇一年十月、コスムネス
そしてスタテン・アイランドにて）

'Really the Real'

足首まで灰に浸かって

足首まで灰色の泥のなか　　雨でベトベトになった灰のなかを
濡れながら焼けた森の林床《りんしょう》を歩く
（片腕の整備士がトレーラーの発電器を修理している
駐車してあるトレーラーのそばでちょっとしたＢＢＱ
ディーゼルを点検しながら、十時間ぶりの食事、ステーキを焼く）
――滑りやすい灰のなかを一歩一歩、一本のシュガー松まで歩いていく
――民間の製材会社の企画担当者
州の火災担当の専門家、女性の郡政執行者
元林野部職員、地元の森林監視員
早期退職をして慈善活動をしている実業家の科学者
郡の教育長

そして国内でもっとも生産力に富む公有林の一つを管理している主任——
ここはかなり高地の山奥
長く暑い夏の激しい山火事と一週間続いた雨のあとのこと。
立ち枯れた木々が数キロ続くなかをここまで車を走らせた
谷の反対側に目をこらすと
葉もなくまっ黒こげになった木や
焼けた針葉がぶら下がったままの立ち木
それにまだ生きているような緑の木が散らばっているのが見えた。
山火事は鎮火しても、地上に落ちた葉や枝は数週間赤く燃えていたという。
わたしたちが見に来たこのみごとなシュガー松は緑だ
dbhの単位、すなわち「人の胸の高さの直径」で二・一メートル
最初の枝は地上から三〇メートルのところにある。
郡の森林監視員が、灰が積もっているすぐ上の根本の部分に
V字型の刻み目を四つ入れる。
形成層は落葉枝にゆっくり焼かれて
水分を失い茶色になっている。
「こいつは、あと三年もすれば枯れるだろう。

でも、ここまま伐らずにおこう」とかれは言う。
わたしは木の周りを歩きながら、「幸運――長寿――
サルヴァマンガラム」と唱える――地上で灰となった小枝を踏みながら
祈る、「かれの予測が誤りだったと示しておくれ」と。

（二〇〇一年十一月五日、山火事「スター・ファイヤー」直後のフィールド・トリップ）

'Ankle-deep in Ashes'

冬のアーモンドの木

木がひっくり返った
傾いてむき出しになった、根腐れした泥だらけの根っこ
枝が母のドライヴ・ウェイに
砕け散っている——車が
閉じ込められた——昨夜、母から電話があって
「出かけられないんだよ」という

夜明けに家を出た——凍てつくような空気のなかを
地面には先週降った雪がまだ少し残っている
スチール社製の小型チェーン・ソー（頼りになるやつ《スラッシャー》）と
付属品の入ったキャンバス地のナップサックを車に積んで

氷で滑りやすい道を町へ急ぐ　　車の尻を振りながら
母は庭にいて、カラシ色の毛糸の帽子とサクランボ色のショールをはおっている
グッドウィルの店で
お買い得の羊毛品の山から見つけたものだ
腐った大枝と弾力のある若い枝の両方が
ほとんど枯れかかった幹からのぞいている

母は八十七歳（まだ車を運転する）
危ないことは気が気でない
チェーン・ソーのうなる音を聞くと家に逃げ込む
わたしはさわやかな空気のなか、大枝や幹と取っ組み合いながら
次々と片づけてゆく、積み重ねられる束
マキの束はここに、小枝の束はそっちに。
車が通れるようにドライヴ・ウェイをきれいにする――三時間の仕事。
家に入ると中は暑すぎるくらい

ココアを飲み、カキの薫製をのせた黒パンを食べる
母のロイスは、わたしが若いころにやっていた
この類の仕事について思い出話をする
「すっかりインテリになっちまったけれど、子どものころ、いつもよく働いていたね」

母は昔話をしてくれる。十七歳のとき、シアトルのある店でアルバイトをしていたときのこと、雇用主が母を呼んで咎めた。
「どうしてあの店で買い物をするんだ?」——それは商売がたきの店のこと。
——妹がそこで働いていて(ヘレンおばさんだ)
割引で売ってくれるんです
ここと同じように。
雇用主が「わかった、わかった。それならいい」と言うと、母は「そろそろ
給料を上げてもらってもいいころでは」と切り返した。それで
どうなったんだい、とわたしがたずねた。
「上げてもらったよ」
この椅子に座って何時間も
昔の話を聞く。

「やせっぽちでね、ほんとに細かったんだよ、若いころは」
いまではとても太っているけど。

「木を始末してくれてありがとうね。
おまけにおまえの仕事は早いときてる。
近所のみんなが言うだろね
すぐに飛んできてくれたんですねって」

まあ、わたしも何か気晴らしがしたかった。
丈夫なアーモンドの幹を輪切りしたものがいくつかできた――
これはクラフト仲間のホリーが欲しがるだろう
おまえはただの薪になるんじゃない――ボウルやサラダ用のフォークになるんだ
老いて倒れた
アーモンドの木

（一九九二年）

'Winter Almond'

マリアノ・ヴァレーホの蔵書

マリアノ・ヴァレーホの蔵書は
東部太平洋地域でも最高のものだった
かれはルソー、ヴォルテールを読んでいた
(蔵書にはレオノア号から買ったものも含まれる)
東部の白人《ヤンキー》たちがやってくると、歓待した
しかし、やつらはかれの牛や馬を追い払い
それから家、蔵書その他をすべて灰にしてしまった。

ペタルマ川の東には古い日干しレンガ《アドービ》の家がいまも残っている。
牧草地にある銀白色の小屋は、かつての養鶏場だ
新しい箱形の豪邸が丘陵を占領してゆく。

わたしの妹の本『空っぽの殻』出版記念パーティには、すでに引退した
養鶏業者が数人、お気に入りの鶏を抱きかかえてやってきた。
ヴァレーホはブドウ栽培の秘訣をチャールズ・クリュクと
アゴスティン・ハラスジィに教えた——ブドウ園はいたるところにあるが
アナキストの卵を育てる連中はいなくなった。

サンフランシスコ湾は採鉱によって浅くなった
氷河期以前のシエラのかつての河床は
金採掘で掘り返され、川の砂利は水力採掘のホースで流され
洪水となって谷に流れ込んだ。
農夫たちは嫌気がさし、鉱夫たちもいまはいない。
新しい人びとが山麓の丘陵地帯に住んでいる。
松ヤニ、そして花粉、皮膚がかぶれるポイズン・オーク。

納屋の前庭のフェンスが陰を落とすのは洋種チョウセンアサガオ
学名「ダトゥーラ」、スペイン語名「トロアッチェ」、ラッパ状の白い花をつけ
黒ずんだ葉をもつ毒性のある一年草。

白人がやってくる前の昔の人たちが、その植物の育て方を教えたのだ。
ここにいるのが誰であれ、どんな言語であれ——
人種よ、あるいは世紀よ、知っておきなさい
その植物が精神の汚れをこすり取ってくれることを

そして、きみのすべての本を忘れなさい。

'Mariano Vallejo's Library'

迎えを待ちながら

足下に荷物をおいて、隙つぶしをしている
テキサス州オースティン空港――まだ迎えは来ていない。
前の妻は、自宅でウェブ・サイトを作っている
息子は、めったに顔を見せない
もう一人の息子とその妻には、男の子と女の子がいる。
いまの妻と義理の娘は、週末以外は町にいて
高校へ通っている。
九十六歳になる母は、いまだに一人暮らし、やはり町にいて
辛うじて惚けずにやっている。
前の前の妻は、すばらしい詩人になった。

わたしの仕事のほとんどは
まあこんなものだが　　　　　　　　　終わった。
今年の満月は、十月二日
月餅を食べ、野外の縁側で寝た
松の黒い大枝のあいだから差し込む白い光
フクロウの鳴く声とシカの枝角がぶつかり合う音
夜空にはくっきりと双子座のカストルとポルックス
――北極星が位置を変える、それを知るのはすばらしい！
いつかはこの夜空ですら過ぎ去り
それをわたしが目にすることがないことも。
あるいはずっと後になって、見るのだろう
遠く遙かなとき、空の魂の道を歩きながら
あの魂のたどる長い道を――そこで、再び落ちるのだ
「バルドゥの狭く苦痛にあふれた母胎の道」へと
きみの小さな頭を押し出すのだ
そしてそこで生まれ変わる

あなたの迎えを待ちながら

（二〇〇一年、十月）

'Waiting for a Ride'

Ⅳ　しっかり、やりなさい

難問に頭を抱えるドクター・コヨーテは

難問に頭を抱えるドクター・コヨーテは
どっさり糞をした。草の上の糞の塊に
さて、どうしたもんか、と聞いたとさ。そいつはいい答えをくれた。
ドクター・コヨーテいわく、「オレもそう思っていたんだぜ」
そしてその通りにやる。　いつも自分のやり方で。

'Doctor Coyote When He Had a Problem'

かぎ爪／原因

禅心へ

「文字《グラフ》」は、かぎ爪曲線、刻むのは――
　文法、ひとつの　　織物
かぎ爪のある足、トカゲの滑行、転がり落ちる
ひとつの丸石。氷河は基岩を擦る
　砂浜に記された波文様。
「これがぼくだった」とおしえてくれる
　時と気分と場所が残した、糞という印
言語は　　息、爪、あるいは舌

あらゆる細やかな動きをする「舌」が
ひとつの言葉となるかもしれない

熱い愛、そして　　運命の。
ひとつのキス　　　小さな原因〈かぎ爪〉が作る

――これほど大きな結果〈テキスト〉。

'Claws / Cause'

どれくらい？

オーストラリアでは、コロボリーを踊る女の子たち
ラップランドでは、トナカイの番をする少女たち
中国では、「ヤクの尻尾」
ギリシャでは、七人の娘たち、姉妹たち
あるいは「航海の星」と呼ばれる
牡牛座の散開星団
プレアディス

日本では、車の名前
「スバル」
マヤでは——ひと握りの少年たち——

'How Many?'

路上の荷

スチューのずんぐりした、重くて頑丈な年代物の黄色のダンプ・カーが
かれの家のわきにとまっている　　「売ります」の看板
かれは元気だ、だけど時代も人も変わる。

車道を作るのに、古代の河床の砂利と砕いた青い鉱山石をそのダンプで
たくさん運んだ　　スチューとぼくは
立ち話をしている　　アイドリングしているエンジン
過ぎ去りしあの日々、

これからの日々。

'Loads on the Road'

洗車を待つあいだ

グレイ松を見上げると
山火事に適応した、ずんぐりしたマツカサが
梢にむかって集まっている
タイヤ・ショップの裏手にある大きな木だ

——ぼくは低いフェンスに座って
娘の車の洗車が終わるのを待っている
見るからに荒っぽそうな連中が資金稼ぎにやっている仕事だ。
入れ墨をして山羊ひげを生やした、白人の若者、
褐色や黒い肌の男たち、
ぼくが「金を稼いでいる目的は何んだい？」とたずねると

——「そこにドラッグとアル中患者の更正施設があるんだ。それのカンパだよ」

おんぼろのリッジ・セダンが、これほどこぎれいになったことはなかった

'Carwash Time'

あのころぼくがピアスをあけてあげたすべての女の子へ

とりわけ、
マギー・ブラウン・コラーへ

ときどき、あのころのことを思い出す。
きみは洗濯バサミをぶら下げて
思慮深げに立っていたね、耳たぶの血が出ない窪みをこっちに向けて
ぼくはコルクとお誂え向きの針をさがして
それから小さな金のフープ・イヤリングですばやくピアスをしたんだ。
あのころ、イヤリングをしていた
ただ一人の男

そんなに痛くはなかった
可愛らしいまじめな子と
イヤリングをした

灰色がかった緑の視線の
イカれた田舎者にはね
そしてまさにその時、
この詩ができた。

'To All the Girls Whose Ears I Pierced Back Then'

あの人は美術に精通していた

あの人は美術に精通していた——かぐわしい香りの優しい女性
かの女のステキな石作りのアパートへ自転車で出かけ、それを生垣に隠した。
——出会ったのは、あるオープニング・パーティ、金持ちのすばらしい恋人がいた。
最初は話をして、それから知らないうちに長く穏やかな愛へと移った。
愛し合ったのはいつも暗闇のなか。ぼくより三十歳年上の人。

'She Knew All About Art'

コーヒー、市場、花

ぼくの義理の母は
アメリカ生まれの日本人で
仲買人には手強い
頭が切れる商売人
裸足で働きながら育ったのは
サクラメント川が作るデルタの農場。
日本が好きではない。
コーヒーのマグを片手に
朝早く、窓辺にすわって
桜の花を見つめている

ジーン・コウダ

かの女に詩はいらない。

'Coffee, Markets, Blossoms'

サンタ・クラリタ・ヴァリーにて

痩せこけた野草の花が突き出たみたいな
六角形の「デニーズ」の看板
星形の「カールズ」
湾曲した「マクドナルド」
八枚の黄色の花びらの「シェル」
青と白で、○が大きな赤い文字の「モ**オ**ビル」

育つのはアスファルトの流域地帯
柔らかな轟音のほとり
　　　州間道五号線の。

'In the Santa Clarita Valley'

ほとんど大丈夫

事故にあったけど、かの女はほとんど大丈夫
でも内面までは、まだ時間がかかる
骨はゆっくり回復する——まだ怖いのは
車と男たち。
曲がりくねった山道でスピードを上げたとき
かの女は身震いした——懇願するような眼差し——
ぼくは車の速度を落とした。
月が出てる高地の草原で
かの女が傷つかないような、やさしい愛し方を
手ほどきしてくれた
そしてぼくの両腕でしばらく眠った

かぐわしい草の香り
温かい夜のそよ風

'Almost Okay Now'

サス属

フリーウェイを走っている小型トラックの荷台にいる二頭の豚が
揺れにあわせて足を踏みならし
　　後ろ向きに路面をじっと見つめている
　　　豚にとって最後の風の強いドライブ。

大きなピンクの耳をピンと立て　　あたりを見まわす
張りつめた広い両肩　　贅肉のない小さな脚
パースニップのような白いあざやかな色をした表皮
風にさらされ、地面を掘り返しながら
　湿原で鼻を鳴らす動物

あれは豚肉《ポーク》ではない、あいつらはいつまでも「サス属」だ。
そよ風に吹かれ足を踏ん張って、そこに立っている
ビロードのような灰色の豚。

'Sus'

一日車を走らせて

ようやく冷たい水に体を浮かべる
赤い日の玉が沈んでいく
焦げ臭い煙霧のなか

大型トラックの低い轟音
五号線の絶え間ない車の騒音。
バトンウィローにある
「モーテル6」のプール、
ここは大きな谷の南の端
古代のトゥーレアリ湖の幻

日没　バッシャーン。

'Day's Driving Done'

雪が舞い、枝を焼き、仕事納め

風通しがよくなった松の森に、男たちが長く一直線に横に並び
ディーゼルのトーチで　　火を落としてゆく
溶岩の土壌　　セイジブラシュには霜
樵《きこり》たちは、枝を積み上げた山から山へ歩いてゆく
あちこちの山から、暗い空が赤く燃える。
シドウォルター・ビュートでは、馬に乗った三人の男たちが
トーチを細長い槍の先に付けて
何キロにわたるビュートと深い峡谷を行ったり来たり
燃えている何百もの枝の山
降りしきる粉雪。

（一九五四年、オレゴン州ウォーム・スプリングズの仕事納め）

'Snow Flies, Burn Brush, Shut Down'

氷山、常に運歩《うんぽ》す

シェイマス・ヒーニーに

仕事でアイルランドへ行った
　十二時間のフライト。
リフィー川。
　バーでビール
情熱と戦いにまつわる
　とてもたくさんの物語——

丘の頂にある墓石
　ドアを抜ける風。
いくつも泥炭地を通りすぎる。
　氷河期の人びと。

尽きることのない畑と農場――
　この二千年。

ゴールウェイでポエトリー・リーディングをした
　一匹の虫の鳴き声。
そして帰りの機上で文学と時間に
　思いをめぐらす。

トリニティ・カレッジの図書館《ロング・ホール》にある
　書棚の列
グリーンランドの氷のうえに聳える
　石のような山並みの列。

（一九九五年、三月）

フィリップ・禅心・ウェーレンへ

二〇〇二年六月二十六日没

（そして三十三本の松に）

切り倒した木を荷台に
鎖でしっかり括り付けた
トラックが、丘をゆっくり登ってゆく

合掌して深くお辞儀をしながら、別れの挨拶《ナマステ》をする
三十年間、
空気と雨と太陽を分け合ってきた
このポンデロサ松は

マックイムシにやられ　　　針葉は
赤さび色に変色し
そして、姿を変えていく。
――デッキ材、棚材、羽目板材
梁材、間柱材、そして根太材へ、

きみのことを　　　この山の松の木を想うだろう
これからの歳月
きみが谷の人たちを庇護するときに

'For Philip Zenshin Whalen
d. 26 June 2002'

キャロルへ

最初に出会ったのは禅堂だった
食事のとき　袱紗から鉢を取り出し
顔をまっすぐ前にむけ、布をたたんでいた
　　給仕係のぼくは跪きながら
いちどきに、三つの鉢を
満たした

　　かの女のしなやかな脚は
　　得意げで、懐疑的で
　　情熱的、それを鍛えた
　　のは

高地　その
絶頂の危うさ

'For Carole'

しっかり、やりなさい

涸れ川の河床から岸壁をよじ登る
ねじ曲がった砂岩層、サンワン川の峡谷
北には岩山
移動する雲と太陽
——堕落した人間界の有り様に絶望する
いにしえの先生たちに教えを請う
「しっかり、やりなさい」と師が答える

「今日を」

（一九九九年、サンワン川、
スリックホーン・ガルチにて）

'Steady, They Say'

V

風の前の塵

ハイイロリス

三匹のリスが好きなのは、　　　松の枝先へ突進し、跳んで、たわんだオー
クの枝を捕まえ——ジャンプしては別の松へと飛び移る——それを繰り返すこ
と——森の樹冠の世界は、リスたちが互いに発する「シュシュ - シュシュ」
——空っぽの空間を叱りつける音

震えているオークの葉っぱを手がかりに、リスの行く手をたど
ってみれば、ただよい落ちるマツの針葉、二つ、三つ

'Gray Squirrels'

夏の終わりのある日

九〇年代初め、夏の終わりのある日のこと、元サンフランシスコ港湾労働者で組合活動家だった古い友人のジャック・ホーガンと、シエラの小さな町のレストランで昼食を食べた。店のオーナーは、ごく最近その店を買いとり、隣接していた煉瓦作りのビルを取り壊してしまった。そこは以前、気まぐれな元大学教授がやっていた「3Rs」（読み・書き・ソロバン）という名前の古本屋だった。ぼくたちが食事をしていたパティオのテーブルがある場所は、まえは本屋のカウンターだった。かつてジャックは、ぼくの妹と夫婦だった。五〇年代には、ノース・ビーチでよく一緒に遊んだけれど、ジャックがいま暮らしているのはメキシコだ。

この今という瞬間は
　　止むことなく続き
やがてはるか
昔となる

（一九九四年）

'One Day in Late Summer'

風を逃しながら

フリーウェイからかすかに聞こえてくる自動車、ゆっくりとした規則正しいエンジン音のセミトレーラー・トラック、そして疾走する小型車の騒音から、遠く離れた道を歩いている。細い鉄塔が二つ、その高みで淡い明かりが点滅している。それから、両側を水田に挟まれた道で、わたしたちは振り返る――風がさらに車の轟音を運んでくる

どこからともなく
数百羽のマガンが
翼で風を逃がしながら

ふらつきながら横滑り、降りてくる

（二〇〇二年、二月、コスムナスのロスト・スルーにて）

'Spilling the Wind'

カリフォルニア月桂樹《ローレル》

植物学者がおしえてくれた。

「あそこのデイヴィス・ランバー園芸店の隣、家具屋と水道屋の間に、ギリシャの月桂樹があるんだ——香りはあまりないけど、詩人たちが頭に載せていたのはあれだよ。

カリフォルニア月桂樹だけど、あれは月桂樹じゃないんだ。でも防虫効果はすごいし、ソースの調味料としてもいいね。鼻がつまったら、そいつを深く吸い込んでごらん。すごく効くから——」

砕いた葉っぱ、その香りをかぐと
アニーのことを思い出す——ビッグ・サー川のほとり

月桂樹の木の下で、かの女はキャンプをした――ひと夏ずっと
ブラウン・ライスを食べ――裸で――ヨーガをしながら――
経を唱えていた、あの深い息づかいを。

'California Laurel'

パンを焼きながら

暖かい日差しの農家の庭先に　　とても大きな栗の古木がある　　つい昨日のこと
野生のアカゲザルが栗を漁りにやってきたのよ、と女性が言った
お昼ご飯に　　栗の入った猪鍋をごちそうになった。
この山には　鹿、猪、猿、狐がいる
そしてたくさんのダム　　曲がりくねった狭い道には軽トラック

東京から車で四時間
色鮮やかな仕事着をきた人たちが
農家の廃屋に暮らし
コンクリート・ダムと戦っている

パンを焼きながら
この人は言う　「わたしはヒッピー」

（二〇〇〇年十月初旬、
南アルプス三峰《みぶ》川源流域にて）

'Baking Bread'

空っぽのバス一台

イエルカが暮らしているのは二階建ての農家、この山間の狭い谷に残された、たった一軒の人家。車と軽トラックが止まっている庭に着く。囲炉裏のそばのテーブルには地元のご馳走が並んでいて、その周りにいくつかの家族が床に腰を下ろしている。再会を喜ぶ——イエルカはチェコ人だ。日本人の奥さんと、ここで暮らし始めて五年になるという。二人の娘が入ってくる。こちらの様子をうかがっている可愛い女の子。イエルカが「この子は人見知りでね」と言うと、「パパ、わたしは人見知りじゃないわ」と、しっかり英語で言い返す。かの女の名前は「アケビ」、春に花をつける蔓性の植物と同じ。奥地で暮らす友人たちが会いにやってきてくれた。つもる話や近況を交換する、数年ぶりだ。ここの二階はかつて蚕棚《かいこだな》だった。イエルカとエツコは、ギリシャの山羊の毛でラグを織っている。近くの町にいる臨済宗の僧侶がやってきて、ぼくらの旧友、山尾三省とのポエトリー・リーディングの相談をする。内田ボブが、あの独特な下がり調子の沖縄民謡を歌う。子どもたちは囲炉裏の火の一番近くにすわる。磨き込まれ黒光りしている木、甘いハーブ・ティー。古い家、新しい歌。食べ終わり、歌い終えると、外は暗い。移動する時間だ——車にもどる——

片側は峡谷の夜の山道で
工事用の明かりが点滅している
反対車線が通りすぎるのを待つ
すれちがうのは空っぽのバス一台

（二〇〇〇年十月初旬、
南アルプス三峰《みぶ》川源流域にて）

'One Empty Bus'

影ひとつ残さず

友人のディーンがユバ・ゴールドフィールズへ案内してくれた。そこはユバ川の下流がサクラメント・ヴァリーの平地へ流れ出るあたり、草地とブルーオークの低地の間に約一・五キロの幅で、およそ一五キロ広がっている。蛇行をくり返す川が、シエラの山腹から六五キロ下流へ採鉱の残土を運んだ場所である。巨大なホースによる水力採掘が行われた名残だ――それは一八七〇年代のこと。

青いルピナスの花咲く高さ三〇メートルほどの砂利の丸い丘を歩いていくと、やがて春の奔流が見わたせる場所に出た。私たちは、空から本流の魚をねらっている一羽の雌のミサゴを見ていた。その鳥は、四方で急上昇と急下降をくり返し、とつぜん脚から流れに突っ込むと、魚を捕らえて現れた。おそらくジグザグ飛行で魚をだましたのだ――タカの影ひとつ残さず。キャロルが後にこう言った、それって無我の境地で坐禅をしようとしているみたい。

ユバ川下流のほとり、砂利の丘に立つと
西に、ビール方面から空軍の巨大な貨物輸送機が
ハンググライダーみたいに滑空しながら着陸するのが見える
浚渫でずたずたにされたゴールドフィールズの上は、やけにゆっくり
——滑走の訓練
すぐに消える——貨物ジェット機の影

ミサゴは影を残さず

まだここに

'No Shadow'

シャンデル

ある夕方、野外の公園で学生たちに話をした。終わってからベンチにすわって、みんなでジュースを飲みながら喋っていると、ほっそりとした黒い髪の女性がぼくのところへやって来て、微笑んだ。

九つくらいの娘も一緒だった。その子も黒い髪のショートヘアーだ。その人はぼくに、「名前はシャンデルです」と娘を紹介した。「すみませんが、シャンデルという名前について教えてくれませんか」と言うと、母親はベンチのぼくの隣にすわって、こう言った。「シャンデルは、イディッシュ語で——美しい、という意味です」

それから母親は、娘を自分の方へ引き寄せ、両手でかの女の顔を包み込み、

「頭のいい子《シャンデル》」と言った。それから今度は両手で頬を包むようにして、「きれいなお顔ね」と言った——その子はそこに立ったまま、とてもうれしそうに母親に微笑んでいた。

「その名前がどうかしましたか?」とぼくにたずねた。「シャンデルという名の親友がいたんです。その人はグリニッチ・ヴィレッジ育ちで、才能にあふれた、すてきな女性でした。以来その名前を聞いたのは初めてだったからです」——「シャンデルはありふれた名前ではありません——それにイディッシュ語も。あなたのお話は、おもしろかったです——娘も気に入りました」——二人はゆっくり歩き去った。

夕暮れの中を帰る人びと
明かりが灯りはじめる、キャビンで誰かが太鼓を叩いている
シャンデルがこう言ったのを、いまも覚えている
「わたしたちは、過激派で、芸術家だったの
わたしはヴィレッジの可愛いプリンセスだったのよ——」
それはサンフランシスコのシャンデルの家でのこと

半世紀まえの想い出。

'Shandel'

ゴイサギ

プータ・クリークのライヴオークの深い森。日陰に入る、頭上を葉がおおう森の入口へ——木の中から、絶え間ない戯れの声、逃げ上手な小鳥たち——あっちこっちへ飛び回り、姿は見えない。ちらちら光る葉のアーチにおおわれた大きな暗いホール——ライヴオークの大枝小枝が織りなす網状の屋根——四、五本の大きな木が絡み合っている。そのとき目にしたのは、大枝にとまった大きな鳥、頭を引っ込め、じっとして眠っている。さらに目をこらすと、ほかにもいる——ゴイサギだ！　ねぐら、ねぐらでくつろいでいる。一羽が少し動く、鳥たちはここに余所者がいるのに気づいている。ゴイサギは、日陰の木の葉のホールで昼間は寝て過ごす。

州間道八〇号線を東へ、サクラメント川にかかる
アーチ状のブライト・ベンド橋で
大型トラックの風に打たれながら、
水のほとりの深い木陰、緑の宮殿にいる
ゴイサギを想う。

（サギ科、ゴイサギ、
学名 Nycticorax nycticorax［夜行性のカラス］）

'Night Herons'

かつてのアクロポリス

トゥーラ・シエテと通りで待ち合わせ、アクロポリスへ出かける。かの女の仕事はドイツ語とイタリア語をギリシャ語へ翻訳することだ。曲がりくねった裏通りを抜け、東端をまわって、南側の壁と崖に出て、それから西へ。まだその姿をとどめているディオニュソス劇場を通り過ぎる。手を伸ばして、腐って萎んだオリーヴの実をいくつかもいで口に入れる――すごく苦い！

階段を上がって、太陽が降り注ぐ見晴らし台に出ると、眼下にアテネが一望できる。近代都市が姿を消しはじめる。トゥーラの友人がやって来て、ぼくらを急勾配の階段へと案内してくれる。「熊‐少女」アルテミスの小さな神殿を過ぎると、大きくて綺麗な石版やペンテリクス大理石、そして新たに積み上げられた古い石――ブロックの上に積まれたマグサ石、昔の崩れた城壁の石片が集められた場所に出る。

そびえ立つパルテノンの柱廊の端を歩く。そこは灰色の目をした女神アテナを祭った神殿だ。崖の近くにある修復事務所によってお茶をいただく。トゥーラの友人タソ・タノウラスは、この修復計画全体、とりわけパルテノン神殿を取り仕切る監督だ。かれは廃墟ごとに、その構造について解説してくれる。そして「残されたもの」だけから、正確に換算した美的原理を説明してくれる。下では町の騒音が絶えない。ひんやりする微風——大きな石のブロックが散在しているあたりには、野生化した家猫が見える。タソによれば、この丘全体が「建物の羊皮紙《パリンプセスト》」で、新石器時代、青銅器文化の時代、ペリクレスの時代、そしてその後の歴史が記されているという。ここはビバークにもってこいの場所だ、とぼくは考えている——数メートル下には泉があるらしい——まちがいなく昔はここでキャンプをしたはず——

数生涯まえのこと
この岩に引き寄せられ
ぼくはそれをよじ登り

雲と月をじっと眺め
夜中ずっと眠った。

灰色の目をした少女を夢みた
この岩だらけの丘の上で
建物は一つもなかった
そのときには

（一九九八年）

'The Acropolis Back When'

エミュー

山麓の丘陵地帯を車で西へ——空の高いところを雲の層がおおっているけれど、光はたくさん差している。晴天とはいかないが、家の太陽光発電装置なら五アンペアのエネルギーくらいの光だ。トルックセル・ロードのあたりですごいスリップ、霧／雲のせいだ。こういった高地から車で降りてくると、高いところと低いところに雲の層が二つあるのがわかる。デイヴィスに近づくと、雲の下面はほとんど地上にかかっていて、もうここでは霧だ。

このはっきりしない薄暗がりの天気のなか、修理に出しておいたレーザー・プリンターを受け取り、ニュースピードで『エコノミスト』を、そしてアジア食料品店で韓国風ラーメンを買い、それからダチョウ・バーガーを食べにレッド・ラム・バーガー店へ行く。

あのエミューのことを思い出す。あれは去年の夏のこと、家の庭にエミューがやってきた。そいつは、グリーンのガーター・ベルト（たぶんＩＤ用のバンドで、シリアル番号と予防注射の記録が記されている）をつけていた。わが家は、周りを一五キロほどの森で囲まれている。そいつはすぐに逃げ出した。そのことをショウナに話した——するとかの女は、エミューを頭のなかでダチョウにかえ、ダチョウの挿絵入りＳＦ／コミカル詩に仕立てた。ガーターその他も忘れずに。

いまはレッド・ラム（RED RUM）という店、逆さから読むと「殺人」（MURDER）で、ダチョウ・バーガーを食べながら、そのことを思い出した。何年もその店の名前は「マーダー・バーガー」だったけれど、そのあたりで殺人事件が増えすぎたので名前を変えたのだろう。ダチョウ・バーガーはおいしい。大きくって、レタス、タマネギ、ホット・マスタード、スイス・チーズがたっぷり、それにセサミ・バンだ。この中にダチョウの肉が入っているから、これといった何か特別な味がするわけではない——ただうまくて、噛みごたえがある。焼き方は、レアではないと思う。低脂肪だから体にもいい。それに飼養場はいらないし、マイロやトウモロコシのような家畜飼料で太らされ、屠殺場へ送られる雄の子牛に比べれば、ダチョウの食生活は食物連鎖の下方に位置する。

たしかにエミューのような味だ！　あるいはその逆かも。エミューは、遠く離れたニュージーランドで同等の進化をとげた例だ。そこにはガーターはない。ちょっと待った！　マオリ族はあの立派な太股のまわりに何かグリーンの模様を刺青したかもしれない。

シエラの松の森をさまよっている迷子のエミュー
　ぼくはおまえに服を着せ、刺青をしてやった
おまえを食って、おまえの名声を広めたのだ
　ランチを食べる、その間に

'The Emu'

日枝神社と「一ツ木」界隈

赤坂の日枝神社は、木に覆われた小高い丘《カピ》にある。そこは頭蓋の形をした岩石の丘で、周りは数キロにわたって大都会が広がっている。大小さまざまなビル群、広い道路、横町、高架になった首都高速、複雑に交差する地下鉄網。北にはりっぱな国会議事堂、その向こうにはお堀に囲まれた島、皇居がある。神社のすぐ隣には高級なキャピタル東急ホテルが立っている。そこは神社が売却した土地だ。広い石段の下には大きな銀杏の木がある。その階段は常緑広葉樹と低木の生い茂った森へと続いている。石段を上がると、すべて赤に塗られた本殿があり、その前は白い砂利を平らに敷きつめた庭になっている。

喧嘩しているカラス、ピョンピョンはねるスズメ、さっと走り去るトカゲ。都会の砂漠に残された緑の丘、「孤島の生物地理学」——鎮守の森の穴にはトガリネズミとヤモリたちが、ふたたび自分たちの時がくるのを待っている。別の急な石段を下って、大通りを渡ると、たくさんの雑居ビルが建ち並ぶ「一ツ木」地区にでる。数知れぬ居酒屋では、無数の水商売の若者たちがほとんど夜が明けるまで働いている。

一ツ木地区の飲屋街から
国会議事堂がある官庁街へ抜けられる
近道がある
幅の広い急な石段を上って
峠を越えるみたいに
丘を下ると、反対側に出る

「山王神社」の
掲示板には
「急ぐとも
　　止まって

拝め、宮の前」
とある

'The Hie Shrine and the "One-Tree" District'

鵜

岩棚を砕ける波にむかって下りていくと、長く海に突き出た平らな場所がみえる。そこには、首をまっすぐに伸ばした黒い鵜、それに灰色と白のカモメが数羽、まるで打ち込まれた大釘みたいにたたずんでいる。岩には鳥が残した白い筋と滴りがついている。マーク・トービーの絵のような「白いライティング」だ。石灰質を多く含んだフンが、環や飛び散ったパターンをつくり、魚が豊富な海へと続いている。

白い装飾がよりきわだった岩がある。微風にのってすごい悪臭、アンモニアの臭いだ——そいつが後頭部を直撃——それよりひどかったのは、かつてアラスカ湾で漁船に乗っていたときのこと——アシカが群れる岩のそばを通ったときだ。臓物の腐臭のような臭いをもろに顔にうけ、ぼくらはすっかり閉口した。

鳥の学者は、それぞれ自分の石の椅子をもっていて、その下には長い筋がいっぱいついている。なかには、鳥がこないので、なにも描かれていない岩もある。

ペリカンがゆっくり羽ばたきながら飛んでいく。鵜の飛び方はどこかぎこちない——水面から離れると、足先を波のなかで引きずりながら、バタバタ翼を動かし、泡に走り書きをして、やがて辛うじて飛び上がる。しかし、けっして高くは飛ばない。崖にいる鵜は、飛び立つと、足先を引きずるところまで下降し、それから再び高度を上げる。水中では、ジェット機のように素早く、動きは優雅だ。

水に線を描くつま先
滴りを記した岩
風にただようフンの香り
鵜はうすくて黒い翼をひろげ
美術について語り、小魚の大群に

講義する

'Cormorants'

過ぎゆくもの

ＬＡから北へ、州間道五号線を行くと、ゴーマンという小さな町がある。そこから草におおわれた急斜面の山がそびえ、灌木や花咲く春の野草があちらこちらに群生しているのが見える。青、オレンジ、黄色の花ばな――カリフォルニア・ポピー、ルピナス、カステラソウ、フィドルバック――がアーチ状に上の斜面に広がっている。午後の太陽の日差し。丘の斜面に立つ給水塔には「ゴーマン」という文字。ゴーマンのカールズ・Jrでコーヒーを買いながら、斜めにトラックを止めて、ぼくの後ろから入ってくる運転手に声をかける。「ずいぶんでかいトラックだね、あれ。よくあんなものが運転できるな」。すると、「どうってことねーよ」。――「でも、止める場所にこまらない？」――ドライバーは、「ああ、そうなんだよ」と笑う。

テホン・パスへと車を北へ走らせる
蟻の列のような車が、低い騒音を響かせている
六車線、八車線の道が
カーブしながら、黄褐色の雌牛の横腹みたいな
切り立った山あいを抜けていく
春の花が咲き乱れる頂は見えない

給水塔のそばに止まっていた大型トラック
太陽、車、丘、コーヒー――すべては
過ぎゆくもの

'To Go'

千羽鶴

数年前のこと、キャロルに癌という診断がくだされたとき、かの女の親戚が何人か集まり、折り紙で小さな鶴を折り始めた。さまざまな色の鶴を千羽つくって、わたしたちに送ってくれた。病気が治るようにと願う、すてきな習わしだ。キャロルの健康は回復したとは言えないが、だいぶよくなった。いく束もの長い糸で空から舞い降りるように結ばれた千羽鶴は、いま我が家の壁にかかっていて、まるで花のようだ。

東アジアでは、鶴は幸運、長寿、誠実などをあらわす縁起のよい高貴な鳥と考えられていて、絵画にもたくさん描かれている。現在では世界の鶴のほとんどが、シベリアと東アジアに集中している——夏は北で過ごし、冬は北インド、中国東部、韓国中部、そして九州で過ごす。

北アメリカには二種類の鶴がいる。ひとつは、国際保護鳥に指定されているアメリカシロヅル、もうひとつは灰褐色をしたカナダヅルだ。カナダヅルのひとつの群れは、南北七〇〇キロ、幅三〇~五〇キロに広がる、カリフォルニア州セントラルヴァリーにやってくる。およそ三万羽の鶴が、サクラメントの南に位置するロディ、コスムネス、ソーントン、そして西はウォルナット・グローヴにいたる地域で越冬する。二月の終わりのこと、北へ帰ってしまうまえにもう一度水鳥たちを見ようと、友人と一緒にコスムネスへでかけた。水をはった水田には、マガン、クビワキンクロ、コオリガモ、コガモ、クロガモ、それに数羽のコハクチョウが所狭しと泳いでいた。そのむこうの遠い畦道の方を見ると、列をなした鶴たちが、ゆっくり歩きながら、餌を食べたり、飛び跳ねたり、そしてお辞儀をするような仕草のダンスしていた。それは、「北へ帰る鶴の舞」と呼ばれるダンスだ。

一ヶ月後、ぼくとキャロルがバークレーの四丁目通りを歩いていたとき、「千羽鶴」というアジアの民芸店を見つけた。その店は、一昔前の日本にあった、あのほのかにかおる香や檜のアロマを売っていた。店にいた目鼻立ちの整った日本人の女性に、「千羽の鶴《ワン・サウザン・クレインズ》は、日本語でなんと言いますか?」とたずねた。その女性は笑いながら「セ・ン・バ・ヅ・ルですよ」と言った。「ああ、そうでした。千の羽のクレイン（鶴）でしたね」。妻のキャロルとぼくは、シエラネヴァダに住んでいるので、家の上をまっすぐに飛んでゆく鶴の群れが見えるんです、と話をした。三月の初旬のこと——キャロルはずっと外にいて、ぼくは道具を入れてある小屋のなかにいた。そのとき響きわたる鶴の鳴き声が聞こえはじめた。大きなV字型の群れは、小さなV字が集まって出来ていて、鶴たちは北東へむかって飛んでいた。空高く飛んでいた小さなグループの数をかぞえてみた。全部で八十羽。鶴たちはV字の編隊を組んで、次から次へとやってくる——鶴は空の斑点くらいにしか見えないが、その響きわたる鳴き声は大きい。午後のあいだずっと、大きな楔型の編隊が続いた——少なくとも千羽はいたはず。

　だからぼくは店の女性にこう話した。「ついこの間のことですが、鶴たちが北へ飛んで行くのを見たんです。午後の間ずっと群れがやって来ました、少なくとも千羽はいましたよ」。その人は微笑んで、「もちろん、本物の鶴ね。みんなにいいことがあるわ。あなた方に幸運がありますように」と言った。

日陰の作業小屋から
あの「グルルウ　グルウー　グルルーウー」という

空からの鳴き声が聞こえる
外へ出て、光のなかで目を細める
　　なにも見えない
遠くから風変わりな鳴き声だけが
響きわたる、かすかに見える
北へむかうカナダヅル、(学名　グルス・カナデンシス)
の群れ
　　　　　　　　　一、五〇〇メートルの上空を

'One Thousand Cranes'

アンシア・コリン・スナイダー・ラウリーへ

（一九三二～二〇〇二）

アンシアはマリン郡地方裁判所の陪審員をしていて、会議へ行く途中だった。場所は一〇一号線のペタルマの南。かの女の前を走っていたピックアップ・トラックの荷台から芝刈り機が落ちた。路肩に車を止め、それを取り除こうと車線に入った。それはいつも妹がやっていたこと。高速で走っていた車にはねられ、アンシアは即死だった。

シラサギがそこに立っている
いつもそこに立っている
道が川と交差するところ

ペタルマ川の橋のところに

'For Anthea Corinne Snyder Lowry'

祇園の鐘

「祇園精舎の鐘の声、諸行無常の響きあり。沙羅双樹の花の色、盛者必衰の理をあらわす。奢れる人も久しからず、ただ春の世の夢の如し。猛き者もついには滅びぬ、ひとへに風の前の塵に同じ。」

『平家物語』、十二世紀

大晦日の夜、神主から渡された、ほのかに燃える火縄を手に、祇園社（八坂神社）から、紫野にある私たちの小さな家へとむかう——弓錐で新たに熾され、清められた新年の御灯。火が消えないように、長い火縄を軽く振りながら人混みのなかを歩く。灯心をくるくる回しながら家路を急ぐ人びと。やっとタクシーをつかまえる。家に着くとすぐに、ほとんど消えかかった火縄の火でプロパンのコンロに火をつける。これで、神聖な火が家にともった。祇園の巨大な鐘の音が、まだ新年に響きわたっている。やわらかく、おおきく、三キロ離れた家でも、お寺とおなじように。

鴨川を上流に
北西の小高い丘へむかう。
大晦日の夜半すぎ
祇園の鐘は
百八つ
町中に、深く、低く轟きわたる。
谷をこえ
腹に響く
心の脆さを
治してくれる
　暗い囁き

（京都東山にある祇園は、インドのシュラーヴァスティ（舎衛城）の南にあったジェタヴァナ（祇園精舎）に由来する。仏陀はこの園林をしばしば訪れ、教えを説いた）

'The Great Bell of the Gion'

Ⅵ　バーミヤン、その後

バーミヤン、その後

二〇〇一年、三月

西暦七世紀のこと、中国唐時代の仏教学者にして大旅行家だった玄奘は、徒歩でインドへむかう途中にバーミヤンの谷の端で、彩色され、かすかに光る巨大な仏陀の立像が岩壁のくぼみに彫り込まれているのを見た、と記している。先週、その仏像がタリバンによって破壊された。いや、タリバンだけに限らない。その根底にあるのは、アブラハムの時代よりもさらに遡る、「女性——自然を否定する」権威主義者の世界観だ。デニス・ダットンが、この詩を送ってくれた。

迫撃砲の

砲火にすら
怯みはしない。
バーミヤンの仏陀たちは
いま塵に隠れる。

わたしたちの精神が、清らかで穏やかでありますように、そしてこの瞬間に、
そして塵に栄光あれ。

□ □ □

二〇〇一年、四月

仏教について書いてきたある男の手紙より

親愛なるゲーリー、
そう、そのとおり、しかし法《ダルマ》は、内なる輪廻、だから
衰退するだろう。

――R。

――ぼくは返事を書いた

ああ、そうだね……無常さ。しかし、だからといって慈悲や意識集中を蔑ろにしていい訳ではないし、しょせん儚い存在だからといって、他者の苦しみを見て見ぬふりをする理由になりはしない。一茶の俳句にこうある

露の世は　露の世ながら　然り乍ら

その「然《さ》り乍《なが》ら」とは、一年中、変わることなく、わたしたちが実践すべきこと。そしてそれが、法《ダルマ》の根本かもしれない。

□□□

もっと分別のある人は、こう書いた。「騙されやすい感傷的な西洋人の多くは、ぼくの推測だけど、アフガン人による仏像破壊のニュースに大きなショックを受けたみたいだ。というのも、いわゆる東洋の宗教は、もっと心優しくて教条

主義的ではないと信じているからだ……だから、聖なるものなど何もないとでも？　敬意を払うのは、人間の生命と文化だけ、神による制裁やそれを教え込もうとする聖職者も必要としない。西洋人は聖跡や聖典をやみくもに崇拝するあまり、東洋の宗教が理解できないのだ。」

――「これは「犠牲者を責める」のとなんら変わらない」とぼくは答えた。「試されているのは仏教ではない。バーミヤンの仏像は、人間の生命と文化の一部、つまり芸術作品であり、それが盲目的にある本を崇拝する人びとによって破壊されている。過去の芸術や宗教的文化に敬意を払うことに、いったい「騙されやすい」何かなんてあるのだろうか？　仏教徒の（大多数の）優しい心根を当てにして、あなたは平気でバーミヤンの仏像を批判している。まるでタリバンがしていたことはあまり褒められた仕事ではない、と言わんばかりに。あなたは厚かましくも、イスラム教徒の神殿があるカーバに、小型ミサイルを打ち込めばいいじゃないか、と言いかねない。あなたを殺そうとしている連中がいるし、そのことをあなたは知っているから。」

□
□
□

二〇〇一年、九月

世界貿易センタービルで
命を落とした男女は
　いま、バーミヤンの
仏陀と一緒に
　塵にかくれる。

'After Bamiyan'

地上に解き放たれて

ちいさな火花、あるいは
導火線をゆっくり動くまっ赤な輝きが
エルグが密につまった場所へ
むかって移動する

ガソリン、硝石、鉱山ガスのなか
地中でジージーいう鉱物が
待っている。

有無を言わせぬわずかな言葉に　牛耳られている
暗いムードに

昔の恥に
人類は、
　ジェファーズは言った、地球における
つかの間の爆発のようなもの
地上に解き放たれ
五十万年
わたしたちの奇妙な爆発は広がってゆく——

そして、その後
瓦礫——風雨に耐える数千年
柔らかくなり、断片となって
吹き出し、そして再び緑となる

'Loose on Earth'

高所から、手をつなぎ落下する

いまのあれ、何だ？
飛び散るガラスの嵐
たなびく炎

遠くの空まで晴れわたった日——

燃えるよりいい
手をつなげ。

わたしたちは
二羽の　ハヤブサになって　急降下してゆこう

どこまでも

'Falling from a Height, Holding Hands'

浅草観音、浅草寺、隅田川

浅草寺の本堂に
数百人の参拝者が、高い石段を上り、押し寄せ
賽銭箱に硬貨を投げ入れる――
黒と金に塗られた本堂に目をやると、どこかに
観音像、慈悲の女神
観世音菩薩
この世のすべてのものたちに、安らぎと哀れみをもたらす観音様に
　この特別な時に
老いも若きも渦巻くように集まる。立ちこめる香の煙。
わたしたちは南側の階段から帰る人の流れにはいる
白砂利、そして石畳の参道の両側には店が並んでいて

ベビー・カーの赤ちゃん、車イスの老人、タンクトップを着た女の子たちで
ごったがえしている
そこを抜けると入ってきた門に出る。

金龍山、雷門、
赤い丸柱と湾曲した瓦の庇《ひさし》——
街へ出る。人通り、警察、タクシー、
江戸からの老舗の天ぷら屋。
通りをわたり隅田公園へ、
木陰には段ボールの上に胡座をかいた男たち
それから、隅田川を下る
細長い水上バスに乗る。

知らないうちに正しい道を通って、ここへやって来た、
隅田川をさかのぼり、海から浅草寺へ来たのは正解だ。
雷門を抜け、参道を通って、
階段を上り

慈悲の菩薩、観世音菩薩に
輪廻をぬけて、わたしたちを導きたまえ、と願う。
（「形、感覚、思考、衝動、意識の五蘊《ごおん》は
生まれもしないし、破壊されもしない
増えることも、減ることもない
いかなる障害もない！　だから恐れもない」）
あらゆる存在のために
生きている、あるいはそうでないもの、存在している、あるいはそうでないもの
時間の内側　あるいは　外側にあるもののために

'The Kannon of Asakusa,
Sensō-ji　Short Grass Temple
Sumida River'

反歌

無数の存在に返す偈《うた》

わたしたちは、世界を清める不知の呪文を再び唱えました
　　　　　　　　　その徳と力が
　　戦争で——陸で——海で、死んだ人びとに　届くように
そして、形ある世界、形なき世界、あるいは熱き欲の世界にいる
無数の霊に届くように

　　　真に根ざしたあらゆる存在に祝福あれ
　あらゆる方角にいるものたちに、形ある世界にいるものたちに
形なき世界にいるものたちに、あるいは熱き欲の世界にいるものたちに

すべての高貴な、目覚めた大きな心の存在に祝福あれ
祝福あれ——さらなる道の偉大な智慧に
摩訶般若波羅蜜
(中国語より)

'Envoy'

注

ゴシック体＝原注、明朝体＝訳注

キャロル（Carol Lynn Koda, 1947-2006）＝カリフォルニア州マーセドで農場を経営していた日系アメリカ人の両親の間に生まれた、日系三世（現在、コウダ家のカリフォルニア産日本米は「KOKUHO ROSE 國寶」のブランドで知られている）。スタンフォード大学で心理学を専攻。卒業後、小学校の教師として何年か働いたのち、カリフォルニア大学デイヴィス校で医師助手の資格を取得し、診療所で働く。登山家であり、ヨセミテ国立公園の初期女性ロッククライマーの一人。全長三四〇キロメートルの「ジョン・ミューア・トレイル」を踏破したこともある。また、ナチュラリストで、鳥類研究家としても活動していた。一九九一年、ゲーリー・スナイダーと結婚。二人で日本を訪れる。しかし、同年、癌を宣告され、闘病生活を続けていた。地元ネヴァダ・カウンティで環境保護活動家として活躍。二〇〇六年六月二十九日逝去。享年五十八歳。著作に、多文化主義の視点から見た自伝的エッセイ“Dancing in the Borderlands”［ゲーリー・スナイダー、ウェンデル・ベリーとの共著 *Three on the Community* (Limberlost Press, 1996) に収録］や日系移民の年代記 Homegrown: Thirteen Brothers and Sisters, a Century in America (Santa Barbara, CA: Companion Press, 1996) がある。

I　セントヘレンズ山

セントヘレンズ山＝ワシントン州にある活火山。カスケード山脈の一部。火山活動は一八五七年より一

ワシントン州セントヘレンズ山周辺地図

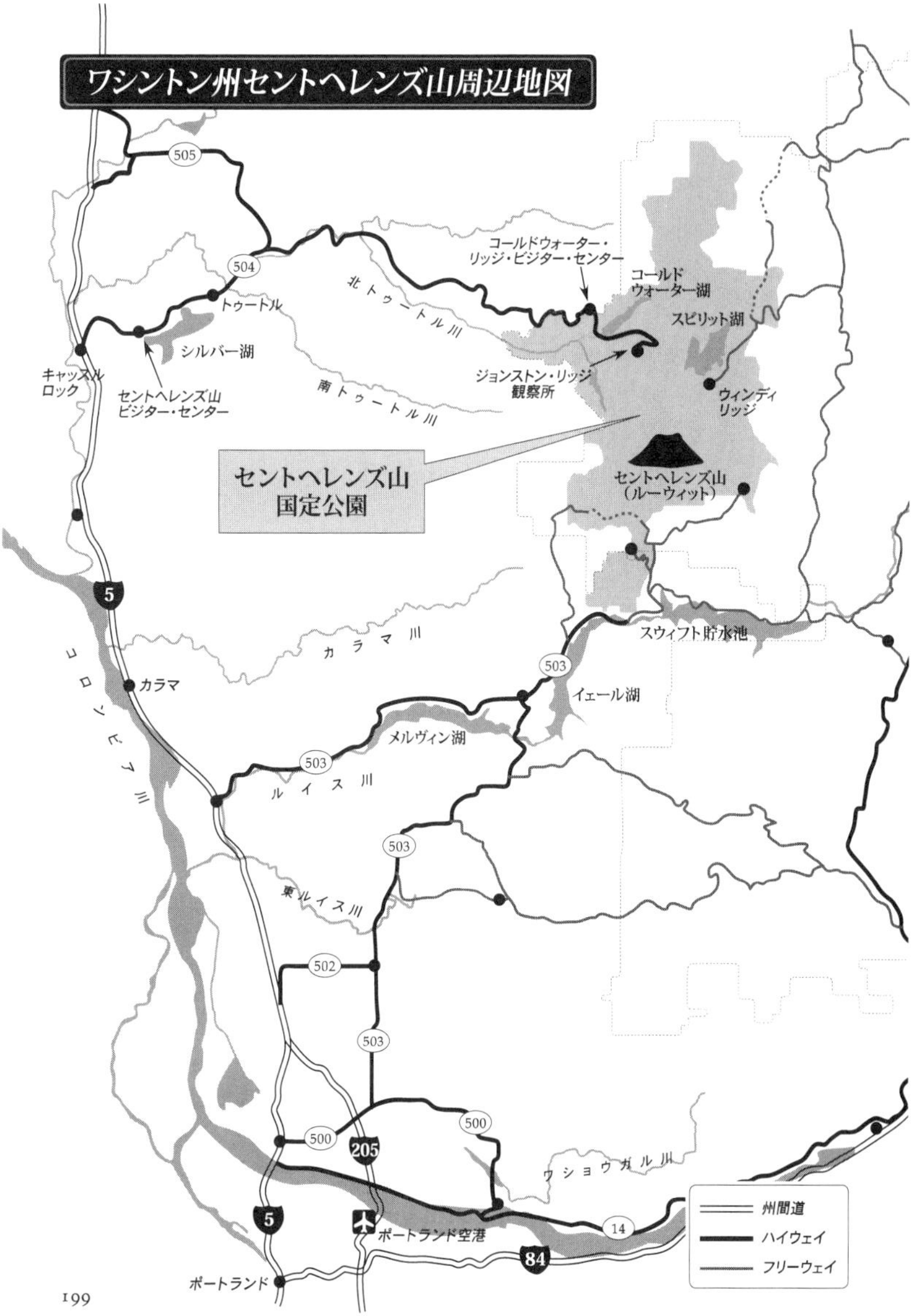

二三年間休止状態にあったが、一九八〇年五月十八日に大噴火。その噴火で山頂付近は完全に崩壊、直径一・五キロメートルの蹄鉄型の火口があらわになる。五十七人の住民が死亡もしくは行方不明。五千頭のシカ、一、一〇〇万匹の魚が死んだという。標高は二、九五〇メートルから二、五四九メートルに減少。噴火前は、アメリカの富士山と呼ばれていた。

シャハプティアン族＝現在のアイダホ、ワシントン、オレゴン州のコロンビア川流域に住んでいた先住民。

その山

ウィラメット川＝オレゴン州の北西部、ポートランド、セイラムを流れる川。コロンビア川の支流。全長三〇一キロメートル。

コロンビア川＝カナダのブリティッシュ・コロンビア州、およびアメリカ合衆国太平洋岸北西部を流れる川。水源はカナディアン・ロッキー。最後の四八〇キロメートルは、ワシントン州とオレゴン州の境界を流れ、ポートランドで支流のウィラメット川と合流し、オレゴン州アストリアで太平洋に注ぐ大河。

フッド山＝セントヘレンズ山から南東に約九五キロメートルの地点に位置する。標高三、四二五メートル。

アダムス山＝セントヘレンズ山から東に約五五キロメートルの地点に位置する。標高三、七五一メートル。

レーニア山＝セントヘレンズ山から北東に約八〇キロメートルの地点に位置する。標高四、三九二メートル。

スピリット湖＝セントヘレンズ山の北にある湖。一九八〇年の大噴火の際、土石流が大量に流れ込んだため、形状が大きく変わった。いまだに湖面にはそのとき押し流された樹木が大量に浮かんでいる。

トラッパー・ネルソン社＝パック・ボード（背負子）を発明したロイド・ネルソン（Lloyd F. Nelson）が創設した会社。

コールドウォーター山の火の見小屋＝セントヘレンズ山から北に約一一キロメートルに位置する火の見小屋（一九三五年に建造）。一九八〇年の大噴火で姿を消した。

マーガレット山＝セントヘレンズ山から北に約二〇キロメートルに位置する。標高一、七五七メートル。

グリセード＝雪面をピッケル（＝アイス・ピッケル。

氷雪の斜面で足がかりを作るのに用いる登山杖）で制動をかけながら登山靴のまま滑り下りること。棒《ぼう》摺《ずり》ともいう。

登山

シュルンド＝雪渓と岩との間の割れ目。

クレバス＝氷河の表面に見られる大きな氷の割れ目。

酸化亜鉛のペースト＝亜鉛を燃焼することで生ずる白色粉末。顔料、化粧品、医薬品の原料。ここでは日焼け止めのこと。

シェルパ＝登山ガイド。もとはヒマラヤ登山のガイド・荷役人のチベット系シェルパ族のこと。

フォーサイス氷河＝セントヘレンズ山にある表面が岩屑の氷河。一九八〇年の噴火の際、残っていた雪と氷河は火山灰に覆われたが、「ドッグズ・ヘッド」からこの氷河の氷舌にかけては覆われなかった。

原爆の夜明け

ポートランド・オレゴニアン紙＝オレゴン州ポートランドで発行されている日刊紙。現在発行されている西海岸の最古の新聞。一八五〇年にトマス・ドライヤー（Thomas J. Dryer）によって週刊紙として創刊された。

モカシン＝もとは北米先住民がシカの柔軟な一枚皮で作った靴。

ある運命

カルタヘナ＝コロンビア北西部、カリブ海沿岸に位置する港町。一九八五年に世界遺産に登録される。

一九八〇年の噴出

送受信兼用無線の落ちついた声……＝この人物は、コールドウォーター第二観測所から約三キロメートル、噴火口から約一〇キロメートル離れた地点にいたジェラルド・マーティン（Gerald Martin）のこと。かれは、南カリフォルニア出身の元海軍無線技師だった。噴出による最初の犠牲者は、コールドウォーター第二観測所にいたデイヴィッド・ジョンストン（David Johnston, 1950-80）だった。かれは、一九八〇年五月十八日、午前八時三十二分、

「バンクーバー、バンクーバー、ついに来たぞ！」という後に有名になった無線を送った。そしてかれは、観測所ともに爆風で消えた。その観測地には現在、かれの名前を記念したジョンストン・リッジ展望台がある。この展望台までは、オレゴン州ポートランドから車で約二時間半、ワシントン州シアトルから三時間半。

ヤキマ＝セントヘレンズ山から北東に約七〇キロメートル、ワシントン州ヤキマ・ヴァレーに位置する町。先住民ヤキマ族の名に由来する。

噴火地帯

リノ＝ネヴァダ州西部、タホ湖近郊の町。

ポートランド＝オレゴン州北西部の港町。コロンビア川とウィラメット川に臨む州内最大の都市。

フレッド・スワンソン（Fred Swanson）＝地質学者で生態学者。アメリカ農務省パシフィック・ノースウェスト研究所勤務。森林、河川の生態系における火事、洪水、山崩れ、噴火といった自然現象、また森林開発事業などが専門。太平洋岸北西部、特にアンドリューズ森林地帯、セントヘレンズ山で研究活動をしている。*Bioregional Assessments : Science at the Crossroads of Management and Policy* (Island Press, 1999) の編者。

ディック・メイグス（Dick Meigs）＝長篇詩『終わりなき山河』（思潮社、二〇〇二）の「夜のハイウェイ九九号線」にも登場するスナイダーの友人。

バトルグラウンド＝ワシントン州のバンクーバーから北東約三五キロメートルの位置にある町。この地名は、一八五五年、アメリカ軍と先住民クリキタット族との間で、実際には行われなかった戦いにちなんで名づけられた。

クーガー＝セントヘレンズ山から南西に約一八キロメートルの地点にあるコミュニティー。

ルイス川＝ワシントン州南西部を流れるコロンビア川の支流。全長約一五三キロメートル。

カラマ川＝セントヘレンズ山の南西部を水源とし、西南西に約七二キロメートル流れ、コロンビア川に合流する。

トロージャン原子力発電所＝オレゴン州レーニア市に位置する旧原子力発電所。一九七六年に運転を開始した単機一一七、八万ｋＷｅのＰＷＲ型原子炉。十七年間の運転後、一九九三年に運転停止。

キャッスル・ロック＝ワシントン州カウリッツ郡にある州間道五号線沿いの町。ここから五〇四号線を東へ八キロ行くとシルバー湖がある。

トゥートル川＝ワシントン州南西部に位置する川。水源はセントヘレンズ山。キャッスル・ロック付近でカウリッツ川に合流する。一九八〇年のセントヘレンズ山大噴火の際に、火山灰泥流が大量に流れ込んだ。

シルバー湖＝セントヘレンズ山から西に四〇キロメートルの地点にある池。ビジターセンターは一九八七年に開設され、セントヘレンズ山の展示がある。

アンドルーズ森林地帯＝オレゴン州立大学の演習林として発足。一九七〇年代以降は生態科学の研究が行われている。森林経済学者のホレス・ジャスティン・アンドルーズ（Horace Justin Andrews, 1892-1951）にちなんで名づけられた。

コールドウォーター・クリーク＝トゥートル川の支流。一九八〇年の噴火の際の土石流によって流れが食い止められ、現在のコールドウォーター湖が作られた。

圏谷《けんこく》＝氷河の侵食によって山地の斜面にできた窪地のこと。

ヤマハハコ＝キク科ヤマハハコ属の多年草。白色の総包に黄芯の小さな頭花を開く。花期は八月から九月。

地質学者ジョンストン＝一九八〇年の大噴火の犠牲者で、アメリカ地質調査所に所属していた元火山学者。イリノイ州出身。一九七八年ワシントン大学で『アラスカのオーガスティン火山』を研究テーマに博士号を取得。

火の女神ペレ＝ハワイ島キラウエア火山のハレマウマウ火口に住む女神。火山活動が活発になるたびに「ペレの怒り」と恐れられてきた。その鎮静を願い、ティー・リーフで包んだ供え物やレイが捧げられる。

ゴースト湖へ

カウリッツ川＝セントヘレンズ山の北、約二〇キロメートルの地点を東西へ流れ、州間道五号線に沿って南下し、コロンビア川へ注ぐ全長約一七〇キロメートルの川。

シスパス川＝セントヘレンズ山の東から北へ流れ、カウリッツ川に合流する全長約八四キロメートルの川。

アイアン・クリーク・キャンプ場＝セントヘレンズ山の噴火地帯から北東に約二五キロメートルにあるキャンプ場。

バウンダリー・トレイル＝ジョンストン・リッジからコールドウォーター湖までのトレイル。

ウィンディ・リッジ＝セントヘレンズ山の噴火地帯から北東に六・五キロメートルの地点にある。

ノルウェイ・パス＝セントヘレンズ山の北を、グリーン川からコールドウォーター湖まで東西に横断する全長約三・二キロメートルのトレイル。

グリーン川＝セントヘレンズ山の北を流れる長さ約九七キロメートルの川。グリーン川渓谷が水源地。

ゴート山＝セントヘレンズ山から北北東に約二〇キロメートルの地点に位置する。標高約一、四九〇メートル。

プリマス＝ストックホルムにあった株式会社B・A・ヨート（A/B B.A. HJORTH & Co.）の販売会社。一九六二年、プリマス・トレーディング株式会社に社名を変更する。現在では、Primus はキャンプ用コンロの代名詞となっている。

シエラ＝カリフォルニア州シエラネヴァダ山脈のこと。「千羽鶴」訳注参照。

ゴースト湖＝セントヘレンズ山から北東に約一七キロメートルの地点にある。

チャコ・サンダル＝一九八八年にマーク・ペイジェンが設立したアウトドア向けのフットウェアの会社。機能性に富んだサンダルが有名。

ヤマハハコ

ナナカマド＝バラ科の落葉樹。高さは七〜一〇メートル程度になる。夏に白い花が咲き、赤い実がなる。

ニワトコ＝スイカズラ科の落葉低木。湿気があり日当たりのよい山野に多く見られる。葉は奇数羽状複葉。花は黄白色の小花で円錐花序をなし、春に咲く。果実は液果で、夏から秋にかけて赤く熟する。

涸谷《ワジ》＝普段は水が流れていないが、降水、または上流で積雪などの融水があると、一時的に水が流れる谷。

岩屑《デトリタス》＝風化・分解してできた岩石の破片。

ツガ＝マツ科ツガ属の常緑樹で、高さは三〇メートル以上になる。

シッダールタ＝釈迦牟尼の俗名。ゴータマは「最上の牛」、シッダールタは目的を達したものという意味。釈迦は紀元前五世紀頃、現在のネパールにいた釈迦族に生まれた。王子として裕福な生活を送っていたが、十九歳で出家。三十歳で覚りを開き、覚者となった。仏陀は自らの覚りを人々に説いて廻り、八十歳で入滅した。

まるでシッダールタ……＝二世紀にアシュヴァゴーシャ（馬鳴《めみょう》）が、サンスクリット語で書いた『ブッダチャリタ』（E・H・ジョンストンによる英訳『仏陀の諸行』）に描かれた宮殿での一夜の宴の描写――シッダールタの多くの美しい仲間たちは、さまざまな姿で床に寝入ってしまっていた。まだ眠らずにいたシッダールタは、その間を行ったり来たりしながら思う。「特権階級の若者たちのあんなにも激しい快楽が、このような醜い姿になろうとは！」そしてかれは馬屋へ行き、馬に跨り、森へ向かった。髪を下ろし、ヨーガと禁欲的な生活を実践し、瞑想を学び、ついに覚者、すなわち「仏陀」となった。［この宴についての描写は『原始仏典10ブッダチャリタ』（講談社、一九八五）の第五章「出城」を参照］

II　さらに古い物質

つかの間の歳月

若い詩人と　プータ・クリークのほとりで

プータ・クリーク＝スナイダーが長年教えていたカリフォルニア大学デイヴィス校近郊を流れるクリーク。パトウィン族の村の名前に由来。水源地はマヤクマス山地の南東部にあるコブ山（標高一四一六メートル）で、全長約一三七キロメートル。かつては洪水の絶えない川であったが、流れは湿地となり、サクラメント川には合流しない。プータ・クリークの川辺には、二百二〇万ヘクタールの広大な森があったが、今ではほんの少ししか残っていない。一八七二年以降、浚渫《しゅんせつ》工事が行われ、水路が増えた。一九四三年から四九年にかけて、「陸軍工兵隊プータ・クリーク計画」により水路がさらに増設された。一九八七年から九二年の間に何度か渇水の危機にみまわれた。その際、大学や企業が水を寄付した。一九九六年三月、四月、プータ・クリークの水を灌漑用水に使うことに反対する訴訟が行われた。この作品は、カリフォルニア大学デイヴィス校のキャンパス内にあるプータ・クリークのこと。ただしこのあたりのプータ・クリークは、川というより池となっており、自然の流れはない。

黒胡桃＝クルミ科クルミ属。アメリカ北東部、ヨーロッパ、カナダに分布。高さ四五メートル、直径二メートルまで成長する落葉樹。

さらに古い物質

エルドリッジ・ムーアズ（Eldridge Moores）＝地質学者、構造地質学、岩石学が専門の、カリフォルニア大学デイヴィス校名誉教授。一九九六年にはアメリカ地質学会会長を務めた。

キム・スタンリー・ロビンスン（Kim Stanley Robinson）＝ＳＦ作家。火星三部作 *Red Mars* (Collins, 1992)、*Green Mars* (Collins, 1993)、*Blue Mars*（Voyager, 1996）が代表作。現在はカリフォルニア州デイヴィスに住んでいる。

ジャックウサギの赤ちゃん

ジャックウサギ＝アメリカ西部に住む、耳の長さが二〇センチメートルに達する野ウサギ。体長約四五～六五センチメートル。

捨てなさい

マドローン＝北米太平洋岸原産、ツツジ科の常緑低木樹。幹は赤褐色で、オレンジ色の実がなる。

空、砂

フェーベ＝タイランチョウ科ツキヒメハエトリ属。全長一五センチメートル程。アメリカ南西部、アルゼンチン北西部に生息。

アラヴァイパ渓谷＝アリゾナ州フェニックスの南東、約一九三キロメートルに位置する渓谷。

町へ行く道に咲くミゾホオズキ

ミゾホオズキ＝ゴマノハグサ科ミゾホオズキ属。山地に生える多年草で、水がしみ出すような場所に生える。

鮮やかな黄色

ジェームズ・リー・ジョーブ（James Lee Jobe, 1956-）＝詩人でサクラメントのラジオ局のＤＪ。カリフォルニア州デイヴィス在住。

サケの好みに

ユバ川＝カリフォルニア州ユバ郡を流れる川。フェザー川と合流し、サクラメント川に合流する。

パークス・バー＝メリーズヴィルの町から、ハイウェイ二〇号線を東に三〇キロ、ユバ川に架かる橋の下には、パークス・バーと呼ばれる浅瀬がある。

ユバ・ゴールドフィールズ＝パークス・バー橋の下流三キロから、一五キロほどの長さにわたって、川をはさんで四～五キロに広がる浚渫地域。上空から見ると、高く積みあげられた砂利が「腸」のように複雑に重なり合っているのがわかる。

氷河の亡霊たち

詩の背景はタホ国有林にあるファイヴ・レイクス・ベイスン、サンド・リッジ、グラウス・リッジのトレイル。サンド・リッジからファイヴ・レイクス・ベイスンまで往復二〇キロメートルの行程。サンド・リッジは、ファイヴ・レイクス・ベイスンからミルク・レイクまでの細長く、両側斜面が急な地形をした尾根。

迷子石＝氷河によって運ばれた岩塊が氷河の融けた後に残ったもの。

ピーコ＝加藤（飯塚）智恵子、スナイダーの友人でトカラ列島諏訪瀬島の住人。

アレン・ギンズバーグ（Allen Ginsberg, 1926–97）＝ビート・ジェネレーションを代表する詩人でスナイダーの親友。父はユダヤ系、母はロシア系移民。詩集に、『吠える』（*Howl and Other Poems*, City Lights, 1956）、『カディシュ』（*Kaddish*, City Lights, 1961）、『アメリカの没落』（*The Fall of America*, City Lights, 1972）、『全詩集』（*Collected Poems 1947–1997*, Harper Collins, 2006）などがある。

シエラ・ビュート＝レイクス・ベイスン・エリアの主峰。標高二、五七七メートル。シエラ・ビュートはグラウス・リッジの北に見える。

グラウス・リッジ＝氷河によって作られた花崗岩のリッジ。

マンザニータ＝ツツジ科ウラシマツツジ属。高山帯の草地や岩礫地に生える落葉低木。

フォチェリー湖＝グラウス・レイクス・エリア内、グラウス・リッジから北東に約四キロメートル、標高約一、八四〇メートルの地点にある湖。トラウトが生息する。

グレイシャー湖＝グラウス・レイクス・エリア内、グラウス・リッジから東に約四キロメートルの地点にある湖。

ナナオ＝ナナオ・サカキ。一九二三年、鹿児島県東郷町生まれの詩人。日本におけるカウンター・カルチャーのリーダー的存在で、スナイダーやギンズバーグの親友。詩集に、『犬も歩けば』（野草社、一九八三）、『地球B』（人間家族、一九八九）、『ココペリ』（人間家族、一九九九）、英語の詩集に *Break the Mirror* (North Point, 1987)、*Let's Eat Stars* (Blackberry Books, 1997)、一茶の英訳詩集 *Inch by Inch : 45 Haiku by Issa* (La Alameda, 1999) などがある。

更新世＝地質年代のひとつ。いわゆる氷河時代。約一八〇万年前から一万年前まで、地球上に広く氷床が発達した氷期と、現在のような間氷期とが何度も繰り返した時期を指す。

III　日々の暮らし

さらに言うべきこと

ジェームズ・ラフリン（James Laughlin, 1914-97）＝詩人でパウンドやウィリアムズの作品を世に送り出したニュー・ディレクション社主。ラフリンの『全詩集』（*The Collected Poems of James Laughlin*, Moyer Bell, 1994.）は、詩人ヘイデン・カルースの序文つきで出版された。

パウンド（Ezra Pound, 1885-1972）＝二十世紀を代表する詩人。当時パウンドは、第二次世界大戦中の言動により、ワシントンDCにある聖エリザベス病院（精神病院）に収容されていた。

カスケード山脈＝北アメリカ大陸の太平洋側に連なる山脈。環太平洋火山帯に属しており、いくつもの火山が連なる。一九五三年、スナイダーはワシントン州にあるベーカー山で山火事監視人として働いていた。

バークレー＝カリフォルニア大学バークレー校のこと。一九五三年、スナイダーは中国語、日本語を学ぶため、そこの大学院に入学した。

「氷河の亡霊たち」関連地図

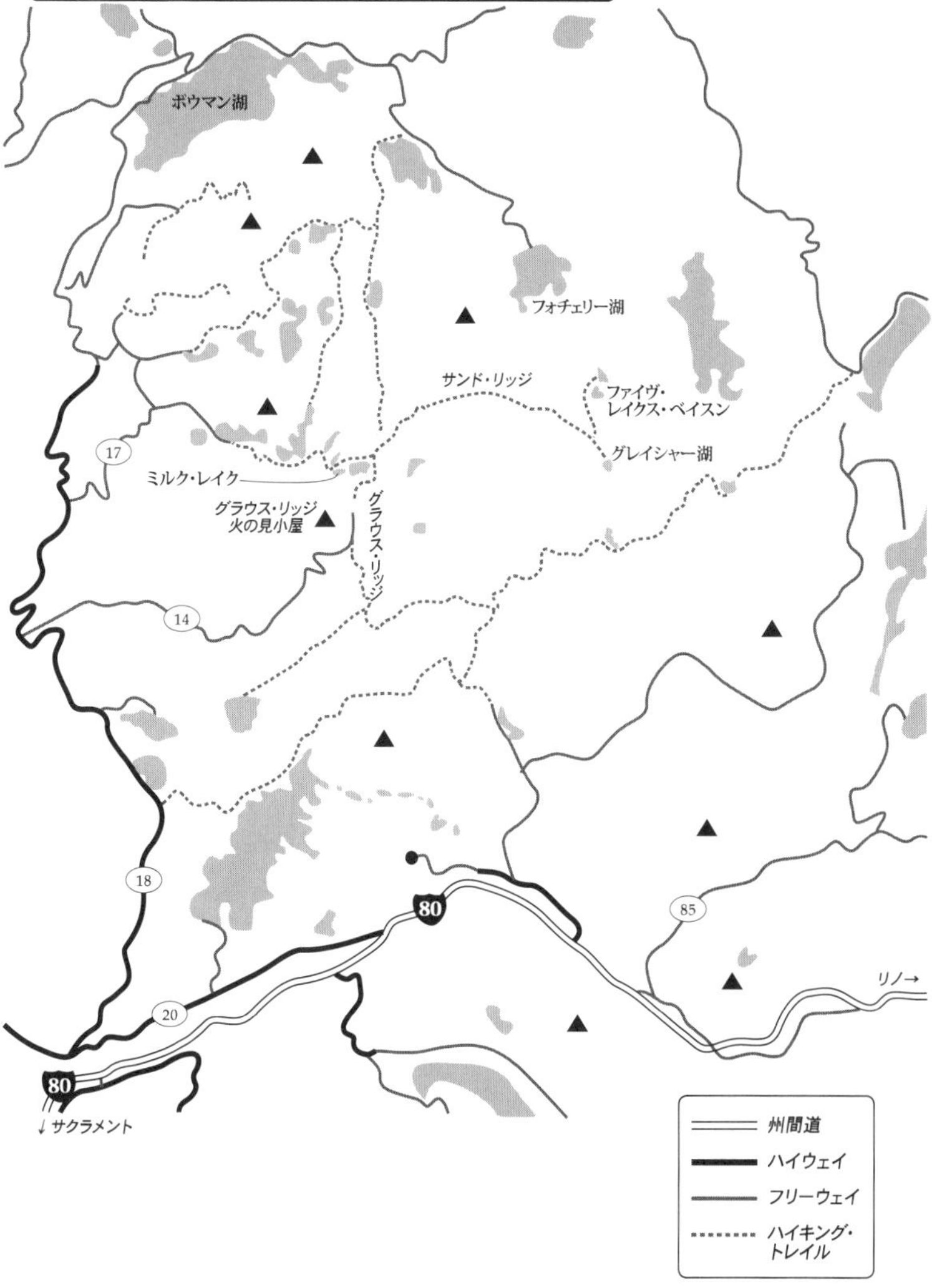

ボウマン湖
フォチェリー湖
サンド・リッジ
ファイヴ・
レイクス・ベイスン
グレイシャー湖
ミルク・レイク
グラウス・リッジ
火の見小屋
グラウス・リッジ
17
14
18
80
85
20
80
リノ→
↓サクラメント
州間道
ハイウェイ
フリーウェイ
ハイキング・
トレイル

カー・プール＝相乗り出勤者専用車線のこと。

ロビイスト＝政府の政策に影響を及ぼすことを目的とし、議会の議員、政府の構成員、公務員を対象に私的な政治活動をする人。

バートン・ワトソン（Burton Watson, 1925-）。日本文学、中国文学の著名な翻訳家でスナイダーの京都時代からの友人。『蘇軾選詩集』の原題は、*Selected Poems of Su Tung-P'o*（Copper Canyon Press, 1993）。

強いスピリット

コウ・ウン（高銀 Ko Un, 1933-）＝韓国群山生まれ。仏教徒の詩人。

セントラルヴァリー＝シエラネヴァダ山脈とコースト山脈の間に位置する、肥沃な農業地帯。南北約六四〇キロメートルに渡って広がる。

コールド・キャニオン＝カリフォルニア大学デイヴィス校が保有するステビンス・コールド・キャニオン保護区のこと。

ケヴィン・スター（Kevin Starr, 1940-）＝サンフランシスコ生まれ。アメリカ史研究家、南カリフォルニア大学歴史学教授。

アギー・デイヴィス＝カリフォルニア大学デイヴィス校のニックネーム。アギー（Aggie）は、「農業」の意。この大学は農学部から始まった。

オールバニー＝カリフォルニア州西部アラミダ郡にある町。

クレア・ヨー（Clare You）＝カリフォルニア大学バークレー校、韓国語講師。現在は韓国研究センター所長。

オッ-クウ（Ok-Koo Kang Grosjean, 1940-2000）＝韓国光州（クワンジュ）生まれ。梨花女子大學校薬学部を卒業後、一九六三年、アメリカに移住。カリフォルニア大学バークレー校で栄養学（生化学）の修士号を取得し、オールバニーにある米国農務省に勤務する。日本で禅僧の経験のあった夫、Glen Grosjean の影響もあり、仏教に傾倒していく。化学者で翻訳家。スナイダーの詩集『ノー・ネイチャー』の韓国語版はオッ-クウによる。また、かの女の詩集に *A Hummingbird's Dance*（Parallax Press, 1994）がある。二〇〇〇年十月二十五日、肝臓ガンのため逝去。

船長とカキを分けあう

フランシス・ドレーク（Sir Francis Drake, c. 1543-96）＝イギリスの航海者、提督。一五七七年、エリザベス一世の命によりアメリカ大陸沿岸のスペイン植民地を制圧するため、イギリス、プリマス港を出航。一五八〇年、イギリス人として初めて世界一周を成し遂げ、帰港。

ファラロン諸島＝サンフランシスコ湾の金門橋から四三キロメートル西にある群島。一五七九年、ドレークはヨーロッパ人として初めてこの島々を「発見」し、Islands of Saint Jamesと名付けた。のちの一六〇三年、スペインの探検家ビスカイーノによって、"Farallon"（「岩」の意）と名付けられた。

ゴールデン・ハインド号＝ドレークが一五七七年にプリマスを出港する際に乗っていたガレオン船。元々はペリカン号という名前だったが、マゼラン海峡を通るときに命名しなおされた。旅のパトロン、サー・クリストファー・サットンの家紋にちなみ、「金の雌ジカ（a golden hind）」と名付けられた。

ノヴァ・アルビオン（Nova Albion）＝「新しいイギリス」の意。"albion"は「白」の意味を持ち、ドーヴァーの崖が白いことからイギリスを表す。

ミウォーク族＝北カリフォルニア一帯に居住していたネイティヴ・アメリカン。"miwok"とはミウォーク語で「人びと」の意。

チャパラル＝カリフォルニア州に特徴的にみられる、常緑の灌木。

レーザー・レベラー＝土地を均《なら》すための建設機械。

ヘレフォード種＝主に食用に飼育される牛の一種。

チャーリー・ジョンソン＝"Johnson's Oyster Farm"の創始者。一九五七年、ワシントン州で営んでいたカキ会社を、カリフォルニア州マリン郡のドレイクス・エステロに移転した。

ガロ社（Ernest & Julio Gallo）＝カリフォルニアにある世界最大のワイン醸造会社。一九三三年創業。

シエラ・カップ＝ステンレス製のアウトドア用カップ。皿、カップ、鍋などいろいろな用途に対応する。かつてはジョン・ミューアによって設立された環境保護団体「シエラ・クラブ」が配布していたとされる。

ジョンソンのカキ＝"Johnson's Oyster Company"で養殖された瓶詰めのカキ。チャーリーの死後、"Johnson's Oyster Company"は息子、トムが経営していたが、二〇〇五年、「G」牧場の経営者によって買収され、現在社名は"Drakes' Bay Farm"となっている。

サック＝十六〜十七世紀に南ヨーロッパから英国に輸入されたシェリー酒。

九七年の夏

ボリンゲン賞＝二年に一度、イェール大学図書館から、最も優れた詩集に与えられる文学賞。一九九七年、スナイダーは長篇詩『終わりなき山河』(*Mountains and Rivers Without End*) でこの賞を受賞した。

キットキットディジー＝シエラ山麓にあるスナイダーの家。アメリカ先住民と日本の農家の建築様式を折衷して建てられたもの。名前は先住民の言葉で、カリフォルニア産亜低木、学名Chamaebatia foliolosa ("mountain misery") を指す。近くの町はネヴァダ・シティ。

本当の本物

リー・サン－ファ (Lee Sang-wha)＝コウ・ウンの妻で、英文学者。現在は釜山の東亜大學校教授。

サクラメント＝カリフォルニア州の州都。デイヴィスからは約二五キロメートル東に位置する。

メドフォード＝オレゴン州南西部、ジャクソン郡の町。

セントラリア＝ワシントン州南西部、ルイス郡の町。

ベリングハム＝ワシントン州北部、カナダとの国境に接しているワットコム郡の町。

コスムネス川＝モカラミ川の支流のひとつ。ミウォーク語の接頭語"cos-"には「鮭」や「魚」の意味がある。

モカラミ川＝シエラネヴァダ山脈を水源とし、セントラルヴァリーでサンウォーキン川に合流する川。平原ミウォーク族の言語で"moke"とは「魚網」の意。

ロック＝サクラメントから南へ三二キロメートル離れた、サクラメント川沿いにある町。一九一五年、当時中国系のなかで少数派だった広東省中山からの移民によって建設された。漢字では「樂居」と表記されている。

ウォルナット・グローヴ＝ロックから南へ一キロメートルの位置にある、サクラメント川沿いの町。第二次世界大戦まで、デルタ地帯で農業に従事していた中国・日本からの移民たちの中心地だった。

スタテン・アイランド＝サクラメントから、州間道五号線を南へ約五〇キロメートルに位置するサンウォーキン郡にある、北モカラミ川と南モカラミ川に囲まれた湿地。カナダヅルの飛来地として有名。

デイヴィス＝スナイダーが長年教えていた、カリフォルニア大学デイヴィス校のある大学町。サンフランシスコから州間道八〇号線を、東のリノ方面へ一二五キロメートルほどの距離に位置する。

足首まで灰に浸かって

林床《りんしょう》＝森林の地表面。

サルヴァマンガラム＝サンスクリット語で「生きとし生けるものすべてに幸運が訪れますように」という意味。

スター・ファイヤー＝二〇〇一年八月二十五日、カリフォルニア州北シエラ地区で起こった大規模な山火事。約一七〇万ヘクタールの土地が焼けた。

冬のアーモンドの木

アーモンド＝バラ科サクラ属の落葉高木。原産はアジア西南部。現在は、カリフォルニア州が最大の産地。二月から三月にかけてサクラに良く似た花をつけ、七月から八月に実が熟する。

スチール社＝アンドレアス・シュティール（Andreas Stihl）が一九二六年にドイツ、カンシュタットで創設した会社。シュティールは伐採機の開発者。

グッドウィル＝古着などを集めて販売し、貧民救済に当てている民間の慈善団体。

マリアノ・ヴァレーホの蔵書

マリアノ・ヴァレーホ（Mariano Guadalupe Vallejo, 1807-90）＝カリフォルニアの軍人、政治家、農場経営者。カリフォルニア州、モンタレー生まれ。米墨戦争の際、カリフォルニアのアメリカ併合に助力。その功績が認められ、カリフォルニア州最初の上院議員を務める。

レオノア号＝マサチューセッツ州生まれのヘンリー・フィッチ（Henry D. Fitch, 1767-1849）が現・

チリのヴァルパライソで購入したブリッグ船。一八三〇年八月二十九日、レオノア号はモンタレーに寄港。このとき、フィッチは、カリフォルニア生まれのホセファ・カリリョ（Josefa Carrillo）と駆け落ちした罪で逮捕された。当時モンタレー駐留地を指揮していたのがヴァレーホである。ヴァレーホは後の一八三二年、ホセファの妹、フランシスカ・ベニシア・カリリョと結婚し、フィッチとは義理の兄弟となる。

ペタルマ川＝カリフォルニア州ソノマ郡を流れる川。河口は低湿地となっており、サンフランシスコ湾の北側に拡がるサン・パブロ湾に注ぎ込む。

『空っぽの殻』＝スナイダーの妹、アンシア・コリン・スナイダー・ラウリー（Anthea Corinne Snyder Lowry, 1932–2002）が、十年がかりで書いたペタルマ市（サンフランシスコの北五〇キロに位置する町）の養鶏産業の歴史についての本。原題は、*Empty Shell : The Story of Petaluma, America's Chicken City*（The Petaluma Historical Library and Museum & Manifolf Press, 2000）。

チャールズ・クリュク（Charles Krug）＝一八六一年、カリフォルニア州に初めてワイン用ブドウ園を作った。

アゴスティン・ハラスジィ（Agoston Haraszthy, 1812–69）＝ハンガリー生まれ。一八四〇年、商取引のために渡米。ワイン事業に取り組み、「カリフォルニアにおけるブドウ栽培学の父」と呼ばれている。

サンフランシスコ湾（原文では "the Bay"）＝サンフランシスコの東側に位置する湾。一八六〇年代から二十世紀前半にかけてサクラメント川やサンウォーキン川で金の水圧採鉱が行われたため、湾に多量の土砂が流れ込み水深が浅くなった。

ポイズン・オーク＝ウルシ属の毒を持った植物。つる状の "poison ivy" を指す場合が多い。

チョウセンアサガオ＝ナス科に属する一年草。別名マンダラゲ（曼陀羅華）。高さは一メートルほどになる。大型の葉を持ち、夏に一〇～一五センチほどの漏斗状の白い花を咲かせる。実は球形で短いとげが多数付いており、熟すと割れて種子を飛ばす。

迎えを待ちながら

バルドゥ＝チベット仏教ニムマ派の教典『チベットの死者の書（バルドゥ　トェ　ドル）』で語られる

「中有《ちゅうう》」のこと。死んでから次の生を受けて生まれ変わるまでの意識の中間状態をいう。詳しくは、『原典訳チベットの死者の書』（川崎信定訳、筑摩書房、一九八九）を参照。

Ⅳ　しっかり、やりなさい

難問に頭を抱えるドクター・コヨーテは

アメリカ先住民に伝わるトリック・スターとしてのコヨーテについては、スナイダーのエッセイ集『惑星の未来を想像するものたちへ』（山里勝己・田中泰賢・赤嶺玲子訳、山と渓谷社、二〇〇〇）の「信じられないようなコヨーテの生存」（原文 "The Incredible of Survival of Coyote," *A Place in Space*）を参照。

かぎ爪／原因

禅心＝リード・カレッジ時代からのスナイダーの親友で禅仏教徒の詩人フィリップ・ウェーレン（Philip Whalen, 1923–2002）の法名、禅心龍風のこと。

どれくらい？

コロボリー＝オーストラリアの先住民アボリジニーの伝統的な唄と踊りの宴。
ヤク＝チベット高原に生息するウシ科の動物。

あのころぼくがピアスをあけてあげたすべての女の子へ

マギー・ブラウン・コラー＝故ビル・ブラウンの娘で詩人ジェイムズ・コラー（James Koller 1936–）の妻。カリフォルニア州ボリーナスでのこと。

コーヒー、市場、花

デルタ＝サンフランシスコ湾の近くで、サクラメント川とサンウォーキン川が合流する地域。

ジーン・コウダ＝キャロルの母。日系アメリカ人。カリフォルニア州ドス・パロスで農業（稲作）を営んでいた日系二世のウィリアム・コウダ（William

Koda）と結婚し、二人の娘メアリーとキャロルを儲ける。

サンタ・クラリタ・ヴァレーにて

サンタ・クラリタ＝ロサンゼルスから州間道五号線を北に約五〇キロに位置する町。

「デニーズ」「カールズ」「マクドナルド」＝フリーウェイ沿いのファミリー・レストラン。

「シェル」「モオビル」＝大手のガソリン・スタンド。

サス属

サス属＝家畜化される以前の「豚」の原種。

パースニップ＝ヨーロッパ原産の人参に似た根菜。色は人参よりも薄い。

一日車を走らせて

バトンウィロー＝カリフォルニア州ベーカーズフィールド近郊の町。

「モーテル6」＝全米にチェーン店を持つモーテルのひとつ。

トゥーレアリ湖＝かつてフレズノの南にあった湖のこと。現在は干拓によって農地となっている。

雪が舞い、枝を焼き、仕事納め

セイジブラシュ＝アメリカ西部に広く植生しているヤマヨモギ。ネヴァダ州の州花。

シドウォルター・ビュート＝オレゴン州ワスコ郡にあるビュートのひとつ。

ビュート＝米国西部に多く見られる、山頂は平らでまわりが切り立った孤立丘。

ウォーム・スプリングズ＝オレゴン州ポートランド南東部、カスケード山脈東側に位置するウォーム・スプリングズ・インディアンの居留地。このときスナイダーは、ウォーム・スプリングズ製材所で働いていた。

氷山、常に運歩《うんぽ》す

詩のタイトルは道元の『正法眼蔵』の「山水経」の一節、「青山、常に運歩す」をもじったもの。詳しくは、スナイダーのエッセイ集『野性の実践』（山と渓谷社、二〇〇〇）の第五章「青山はいつも歩いている」を参照。

シェイマス・ヒーニー（Seamus Heaney, 1939–）＝北アイルランド、デリー出身の詩人、一九九五年にノーベル文学賞を受賞。

リフィー川＝アイルランド、ダブリンの中心を流れる川。

ゴールウェイ＝アイルランド西部の中心都市。

トリニティ・カレッジ＝ダブリンにあるアイルランド最古の大学。

図書館《ロング・ホール》＝トリニティ・カレッジにある図書館のこと。別名「ロング・ルーム」（“The Long Room”）。名前が示すとおり、六五メートルに渡って本棚が並んでいる。一八五〇年代まで本棚は一階部分だけであったが、本が納まりきらなくなったため、一八六〇年、現在のように本棚は二階建て、天井はアーチ型に改築された。二万冊もの古書が収められている。

フィリップ・禅心・ウェーレンへ

フィリップ・禅心・ウェーレン＝「かぎ爪／原因」の訳注参照。詩人フィリップ・ウェーレンのこと。代表作に *Overtime : Selected Poems* (Penguin, 1999) がある。

ポンデロサ松＝アメリカ北西部に植生する松の一種。

しっかり、やりなさい

サンワン川＝ユタ州南東部から、ニューメキシコ州北西部、コロラド州南西部を流れる全長六四四キロメートルの川。

スリックホーン・ガルチ＝シダー・メサからサンワン川に至る渓谷群のひとつ。地層は古生代の砂岩の斜層理。かつてアナサジ族が住んでいた場所。

V 颪の前の塵

夏の終わりのある日

「３Ｒｓ」＝reading「読み」、writing「書き」、arithmetic「計算」の総称。

ノース・ビーチ＝サンフランシスコのビート運動の

中心地。近くには「シティライツ書店」がある。

カリフォルニア月桂樹《ローレル》

ビッグ・サー川＝カリフォルニア州中西部モンタレー郡を流れ、太平洋に注ぐ川。

空っぽのバス一台

イエルカ（Jirka Wein 1943-）＝チェコ、プラハ生まれ。八ヶ国語を操る知的ボヘミアン。現在は長野県南アルプスの大鹿村に在住の工芸家（織物）。

エツコ（関悦子 1945-）＝イエルカ・ワインの妻。イエルカとともに、ヤギの毛で織物を織る工芸家。

山尾三省（1938-2001）＝スナイダーの親友のひとり。一九六七年四月十七日、山尾、ナナオ・サカキ、長沢哲夫（ナーガ）、秋庭健二、スナイダー、フィリップ・ウェーレン、フランコ・ベルトラメッティの七人は、新宿西口安田生命ホールにてポエトリー・リーディング（Revolution by Love : Poem Reading, Free Words & Music）を行った。同年、山尾、ナナオ、ナーガらは、原始共産制の実現を目指したコミューン、「部族」を立ち上げる。一九七七年、家族で屋久島に移住。百姓仕事をしながら、詩作に取り組む。二〇〇〇年十月七日、湯島聖堂で行われた「亀の島から弓の島へ」（ほかに、スナイダー、ナナオ、ナーガ、内田ボブなどが出演）が、最期のポエトリー・リーディングとなった。代表作に、スナイダーとの対談集『聖なる地球のつどいかな』（山と渓谷社、一九九八）、エッセイ『聖老人――百姓・詩人・信仰者として』（新泉社、一九八一）、詩集『びろう葉帽子の下で』（野草社、一九九三）などがある。

内田ボブ＝大鹿村で暮らす、百姓兼ミュージシャン。スナイダーの詩に付けた曲もある。

影ひとつ残さず

ビール＝カリフォルニア州ユバ郡にあるビール空軍基地（Beale Air Force Base）のこと。

シャンデル

イディッシュ語＝東欧系ユダヤ人によって使用され

ている言語。ドイツ語を基礎としているが、ヘブライ文字で表記する。「イディッシュ」とは「ユダヤ語」の意。

グリニッチ・ヴィレッジ＝ニューヨーク市マンハッタン南部の地域。五〇年～六〇年代にかけて、若い芸術家や作家が集まったビートの中心地。

ゴイサギ

ゴイサギ＝コウノトリ目サギ科。夜行性。昼間は水辺の雑木林や竹藪などで眠る。夕方、薄暗くなってから飛び立ち、水田などで採餌する。明け方には再び塒《ねぐら》に帰ってくる。育雛期には昼間でも採餌に出かける。

サクラメント川＝カリフォルニア州で最長の川。カスケード山脈のシャスタ山を水源とし、コースト山脈とシエラネヴァダ山脈との間のサクラメント・ヴァリーを南西に流れる。途中でアメリカ川が合流し、河口ではデルタを形成し、サンフランシスコ湾へ注ぐ。人工の水路により、二五六キロメートル上流まで航行可能である。

かつてのアクロポリス

アクロポリス＝アテネの小高い丘。頂上にはパルテノン神殿が建っている。

アルテミス＝レトとゼウスの間に生まれたギリシャ神話の女神。アポロンとは双児。処女神と同時に出産の守り神であり、狩りの神、月の神としても崇められている。ゼウスと交わったニンフ、カリストを牝熊に変えた。

ペンテリクス大理石＝ペンテリコン山から切り出された白色の大理石。パルテノン神殿の建材として使われている。

ペリクレス（c.A.D.490-429）＝アテネの政治家。

ビバーク＝登山用語で「野営、野宿」の意。

エミュー

トルックセル・ロード＝サクラメントを南北に走る道路で、州間道八〇号線とほぼ直角に交差する。

ショウナ＝ショウナ・ライアン（Shawna Yang Ryan）スナイダーの教え子の一人で、小説家。サクラメント・デルタの中国人移民の町、ロック（樂居）を舞台にした小説 *Locke 1928*（2007）がある。
マオリ族＝ニュージーランドの先住民。

日枝神社と「一ツ木」界隈

日枝神社＝大山咋神《おおやまくいのかみ》を祭る、千代田区永田町にある神社。

一ツ木地区＝山王日枝神社の西に位置する繁華街。

山王神社＝日枝神社の別称。

鵜

マーク・トービー（Mark Tobey, 1890-1976）＝アメリカの画家。「ホワイト・ライティング」は、暗い背景のキャンバスに白い絵の具で細かい直線を描いた彼の代表的なスタイル。それには、一九二〇年代に、中国の書家から習った書道の技法が応用されている。

過ぎゆくもの

ゴーマン＝カリフォルニア州ロサンゼルス郡にある町。サンガブリエル山脈、テハチャピ山脈、コースト山脈の三つの山脈が接する。

テホン・パス＝ロサンゼルス郡とケルン郡をまたぐ峠。

千羽鶴

カナダヅルの色は、「灰色がかったベージュ」で、メシュエンの『色彩のハンドブック』によれば、「サルーク」(saruk)［6E3］になるだろう。saruk は、イランの *Saruq* 村の名前に由来する。ここは、柔らかい色彩の目の詰んだ伝統的ペルシャ・ラグの産地である。フランス語の“saroque”、あるいは“saroq”は、この派生語である。

バークレー＝サンフランシスコからベイ・ブリッジを渡ったところにある町。カリフォルニア大学バークレー校があり、ベイ・エリア文化の中心のひとつ。

シエラネヴァダ＝スナイダーの自宅（キットキットディジー）は、カリフォルニア州北部、シエラネヴァダ山脈の西側、南ユバ川源流部、標高約一、〇〇〇メートルの森のなかにある。

アンシア・コリン・スナイダー・ラウリー へ

アンシア・コリン・スナイダー・ラウリー＝ゲーリー・スナイダーの妹。「マリアノ・ヴァレーホの蔵書」の『空っぽの殻』訳注参照。

ペタルマ＝サンフランシスコから六〇キロメートルほど北にある町。「ペタルマ」とはミウォーク族の言葉で「背後の丘」という意味。

祇園の鐘

祇園の鐘＝日本の古都、京都の東の端に位置する、神社仏閣が集まるもっとも美しい名所のひとつで、低い丘陵地に広がっている。その名は、古代インドの都市シュラーヴァスティ郊外にあったジェタヴァナ僧院に由来する。釈尊はジェタヴァナを好んで訪れ、在世中に十九度の雨安吾《うあんご》を過ごしたという。ジエタヴァナは多くの経典が説かれた場所で、そこには大きな鐘があったと言われている。

火縄＝京都の八坂神社で、大晦日から元旦にかけて行われる白朮《おけら》祭で使われる火縄。その火は白朮火と呼ばれる。参拝者は白朮火を家に持ち帰り、神棚に祭ったり雑煮を炊く火に用いたりして新年を祝う。燃え残った火縄は、火伏せのお守りとして台所などに祀る。

VI バーミヤン、その後

バーミヤン、その後

バーミヤン＝アフガニスタン中部にある古代都市。バーミヤン渓谷の石仏と石窟はユネスコの世界遺産に登録されている。古くはギリシャ人王国、バクトリアの支配下にあったことから、壁画や石仏にはヘレニズム美術の影響が見られる。五世紀前後に作られたとされる二体の仏像は、二〇〇一年、偶像崇拝を禁止するイスラム教過激派のタリバンによって爆破された。

デニス・ダットン（Dennis Dutton）＝カリフォルニア生まれの哲学者。カリフォルニア大学サンタバーバラ校で博士号を取得。現在はニュージーランドのカンタベリー大学教授。

「騙されやすい感傷的な……」＝この引用は、クリストファー・ヒッチェンズ（Christopher Hitchens）が二〇〇一年四月二日に『ネイション』（*The Nation*）誌に掲載した記事、「落ちた偶像」（"Fallen Idols"）からのもの。

地上に解き放たれて

エルグ＝仕事・エネルギー・熱量の単位。

ジェファーズ（Robinson Jeffers, 1887-1962）＝アメリカの詩人。聖書やギリシャ神話をもとにした作品が多く、カリフォルニア州カーメルの太平洋を望む崖の上に、自ら石を積み上げ、家を建て、終生の住居とした。また人間中心主義を批判し、非人間主義（Inhumanism）を唱えたことでも有名。

つかの間の爆発＝ジェファーズの「大きな爆発」（"The Great Explosion"）からの連想。ジェファーズは宇宙を、数万年の単位で拡大と伸縮を繰り返す巨大な心臓として表現している。スナイダーはこれを「ゆるやかな爆発」と解釈し、ジェファーズへの返歌として「つかの間の爆発」（a quick explosion）と表現した。

浅草観音、浅草寺、隅田川

浅草寺は「浅草観音寺《あさくさかんのんでら》」として知られている人気のある寺。それは「浅草界隈の観音を祭ってあるお寺」の意味。「浅草」は「丈の低い草」、「浅草寺」の「せんそう」も同じ意味を表す。隅田川の右岸に位置する浅草地区は、多くのお店、お寺、公園、それに歓楽街があることで昔から有名である。

七世紀のこと、三人の漁師が網を引き上げたところ、そのなかに観音像を見つけた。漁師たちはその像を小さな小屋に祭ったという。これが、江戸初期になって大きな寺へと発展することになる始まりだった。最初の小さな観音像（おそらくは高さ五センチほど）のほかにも、観音、不動、愛染などの多くの仏像が祭られていたが、第二次大戦によって、そのすべてを消失してしまった。再建されたお寺には、昔ながらのご利益と美しさがあり、多くの参拝者や観光客がひっきりなしに訪れている。

浅草寺の観音堂は一九四五年三月十日の東京大空襲で焼失したが、一九五八年十月に再建された。大屋根は急勾配。南に面して建ち、内部は外陣と内陣とに分かれている。観音堂に上がる前には、常香炉とお水舎がある。また、左右には石造りの六角型大灯籠が建つ。それぞれに「去闇」「就明」と刻まれ、観音様に詣でることで心の闇、煩悩がなくなることを示している。本堂の内陣内部は、二間の畳敷きになっていて、奥の間には厨子に納められた「秘仏」の本尊が、前の間には「お前立」の本尊が安置されている。宮殿の左右に、「梵天」「帝釈天」の二像があり、宮殿の向かって右に不動明王、左に愛染明王を奉安する厨子がある。

金龍山＝浅草寺の山号。

雷門＝正式名称「風雷神門」。九四二年、武蔵守・平公雅が創建。当初は駒形堂付近にあったが、鎌倉期以後、今の場所に移された。浅草寺の総門。庇の下に山号「金竜山」の扁額が掲げられている。現在の雷門は一九六〇年に、再建されたもの。

（「形、感覚、思考、衝動、意識の五蘊《ごおん》は／生まれもしないし、破壊されもしない／増えることも、減ることもない／いかなる障害もない！　だから恐れもない」）＝この部分は、「般若心経」の「色受想行識、不生不滅、不増不減、無罣礙故無有恐怖」を参照。

五蘊《ごおん》＝「色受想行識」は五蘊と言われ、「五つの集まり」の意。色＝「形のあるもの」の意。「壊れるもの」「変化するもの」と解釈されることもある。「感受＝「知る」という語から作られた語。「感覚」、「感受すること」と解釈される。想＝「表象（心の中に思い浮かぶかたち）」、「了解すること」と解釈される。行＝精神的な働きが一定の方向に働いていくことを指す。「意志」、「意志的形成力」と解釈される。識＝知覚の認識作用が知覚の対象を認識する働きのこと。

反歌

『禅林日課』の「回向文《えこうもん》」参照。

摩訶般若波羅蜜＝宗派によってことなるが、般若心経の初めに唱える。「摩訶」とは「大きい」、「般若」とは「智慧」、「波羅蜜多」とは「彼岸に渡る」あるいは「完成」という意味。つまり、「彼岸にある理想の世界へ渡るための大いなる仏の智慧」または、「仏の大いなる智慧の完成」という意味。

感謝をこめて

とりわけ
――キャロル・コウダに多謝
同志であり出版者のジャック・シューメイカー
科学者、哲学者、散歩好きのフレッド・スワンソン

田村アキと大鹿村の人たち
詩人でミュージシャンの内田ボブ
「千羽鶴」のチズ・ハマダ
ディーン・スウィカード
バーミヤンの詩を書いたデニス・ダットン
エルドリッジ・ムーアズ
ゲーリー・ホルサス
シャハプティアン語の地名と「ルーウィット」の名前をおしえてくれたヘンリー・ゼンク
調査を助けてくれ助言をもらったイザベル・スターリング

ジーン・コウダ
プラハ、そして南アルプスのイエルカ・ワイン
カイ・スナイダー
那覇の山里勝己
ソウルのコウ・ウン
リー・グルガ
アテネのリアナ・サケイル
神戸の本田みさ
東京の滝沢守生
一茶の「かたつむり」の英訳をしたナナオ・サカキに九拝
ピーター・マシーセン
関東平野の三島悟
ダチョウとエミューのショウナ・ライアン
原 成吉
スティーヴ・アントラーとカーラ・ジュピター、そして川の上の家
スター・ファイアーのスティーヴ・ユーバンクス
セントヘレンズ山についてのすばらしい本『危険地帯に』を書いたアシューラ・ル・グィン
夏の埃のなかに座ったプータ村の若い詩人たち

解説

原 成吉

ゲーリー・スナイダーという詩人は、これまで一貫して自然と言語と精神をつなぐ関係をテーマに詩を書き続けてきた。ご存じのように、一九五六年から一九六八年までの大半を日本で過ごし、禅仏教の実践と研究をしながら、日本とアメリカ西海岸のカウンター・カルチャーをつなぐ「ココペリ」詩人の役割を果たしてきた。その作品からは、東アジアとアメリカ西海岸から生まれた環太平洋文化の声が聞こえてくる。具体的な場所に根ざした多くのスナイダーの作品は、移動が大きなテーマの一つになっているアメリカ文学のなかでは、特異な位置にあるといえる。例えば、スナイダーから大きな影響をうけたジャック・ケルアックの小説『路上』と比較すればその違いが理解できるだろう。「生態地域主義」を唱える「ディープ・エコロジスト」の詩人にとって、「場所の感覚」とは詩の根っこにほかならない。この詩集『絶頂の危うさ』(二〇〇四年)は、一九五六年に書き始めて一九九六年に完成した長篇詩『終わりなき山河』(一九九六年)に続く新詩集ということになる。二十一世紀になって最初の詩集でもある。

最初に詩集のタイトル『絶頂の危うさ』に触れておこう。この言葉は詩集の第四セクションの詩、「キャロルへ」のなかで使われているが、さまざまな意味が重ねられているようだ。スナイダーは地元紙 *SN&R* (*Sacramento News & Review*, Sept. 23, 2004) のインタビューで次のように答えている。

“Danger on Peaks”というタイトルを使うことができてよかったと思っています。この言葉からみなさんが抱くイメージと、たぶん一致しないものがあるのではないでしょうか。確かに高い山の頂に立つのは危険がともないますが、これは登山の危険についてではありません。本当の危険とは、この世の繁栄や権力の頂点にいることなのです。

「山頂の危うさ」という日本語でも間違いではないが、詩集全体からは世界の危機的状況だけでなく、死と隣り合わせのキャロルとの限られた至福の時間も含まれていると考え、日本語のタイトルは「絶頂の危うさ」に落ち着いた。

この詩集は、一九四五年八月、語り手が十五歳のとき初めてセントヘレンズ山に登ったところから始まる。登頂した高揚感がまだ残っている翌朝のキャンプ場で、長崎、広島に投下された原爆のニュースを知り、セントヘレンズ山に誓いをたてる。それは詩人としての使命感にほかならない。一九八〇年五月、「アメリカの富士山」と呼ばれたその山は大噴火で姿を変え、周囲からは生命が姿を消す。そして二〇〇〇年八月にその地を訪れた詩人は、失われた植生が復活してゆく過程を目にする。最初のセクションは北カスケード山脈にあるセントヘレンズ山を巡る擾乱《じょうらん》と再生の物語である。

最後のセクションは、二〇〇一年三月、片手にカラシニコフ銃、片手にコーランを持ったタリバンによるアフガニスタンのバーミヤン仏教遺跡の破壊をめぐる詩から始まり、9・11ニューヨーク同時多発テロを喚起する作品へと続く。最後におかれた「反歌」は死者たちの霊に捧げられた祈りとなっている。

第一セクションと第六セクションに挟まれた四つのセクションは、短い作品が選ばれていて、その内容は、シエラ山麓の暮らしや変化してゆく人と自然だ。そのなかには、日本について書かれた四篇の詩がある。

「パンを焼きながら」（二四九－五〇ページ）と「空っぽのバス一台」（二五一－五二ページ）は長野県の大鹿村の友人たちを訪ねたときに書かれたものだ。スナイダーは、二〇〇〇年十月に東京、お茶の水にある「湯島聖堂」の特設ステージで、ナナオ・サカキ、山尾三省、長沢哲夫（ナーガ）、それにミュージシャンの内田ボブが加わりポエトリー・リーディングを行った。ステージには上がらなかったが、かつての「部族」の仲間、山田塊也（ポン）も楽屋に現れ再会を喜んでいた。四人そろってのリーディングは、一九六七年四月に行われた新宿安田生命ホール以来、三十三年ぶりのことになる。会場には千人もの人びとが集い、「亀の島」と「弓の島」のポエジーを楽しんだ。そのあと、山梨県の小淵沢で自然農法を実践している人たちや、八ヶ岳山麓でおおえまさのり氏の歓迎を受け、蓼科で一泊、そして南アルプスの大鹿村を訪ねた。この二つの詩はそのときの旅から生まれた。

「日枝神社と「一ッ木」界隈」（二六六－六八ページ）は、二〇〇二年七月、「アリオン音楽財団」主催の「〈東京の夏〉音楽祭」に招かれたとき、滞在していたキャピタル東急ホテル周辺の散策がもとになっている。このときスナイダーは、「草月ホール」でかれの地元のミュージシャンと共演した。その模様は、ＣＤ『終わりなき山河』（山と渓谷社）で聞くことができる。「祇園の鐘」（一八〇－八二ページ）は、一九六〇年の大晦日から元日にかけての様子を描いたものだ。当時スナイダーは大徳寺に通いながら、京都の柴野でアメリカ人の詩人ジョアン・カイガーと暮らしていた。八坂神社の朮《おけら》祭《まつり》にとても興味をもったとみえて、一九六一年一月二日付けの手紙で父親のハロルド・スナイダーにその様子を克明に伝えている（UC Davis, Special Collections, Snyder's Papers, D-050 II 3 : 37）。

また第六セクションには、「浅草観音、浅草寺、隅田川」（一九三－九五ページ）が収められている。この作品は、二〇〇二年七月に友人たちと水上バスで浅草を訪れたときの様子を描いたものだ。詩の前半は浅草寺界隈の風物のスケッチになっているが、後半は「慈悲の菩薩」への祈りと変わり、最後におかれた「反歌」の導入部となっている。

『絶頂の危うさ』は、詩人が過去を振り返る作品や、友人や妹の死をあつかったきわめてパーソナルな主題もみられる。読者は自分の日々の暮らしを重ねながら詩の中を散策することになるだろう。これが詩集全体の流れだ。

作品全体から浮かび上がるイメージ、あるいは基調のようなものは何かあるのだろうか。ジョン・スースターがスナイダーの日本時代の調査にやってきたとき、これについて話し合ったことがある。スーターは、「この詩集のキー・ノートは火だ」と指摘した。スナイダーもさきほど引用したインタビューで「核兵器が現実のものになったことや火山の大噴火、そして火と爆発のテーマは、バーミヤンの仏像破壊、それから世界貿易センターへと続いています」さらに釈迦の教えを引いて「この世のすべてのものは瞬く間に変わってゆく。それは火と同じ」と語っている。最終セクションに収められた詩「地上に解き放たれて」(一八九-九〇ページ)のなかで、カリフォルニアの詩人、ロビンソン・ジェファーズの「人類は地球におけるゆっくりとした爆発のようなもの」という一節を、スナイダーは「人類は/……地球における/つかの間の爆発のようなもの」と言い換えて、「地上に解き放たれ/五十万年/わたしたちの奇妙な爆発は広がってゆく――//そして、その後/瓦礫――風雨に耐える数千年/柔らかくなり、断片となって/吹き出し、そして再び緑となる」と詩を結んでいる。ここには人間中心主義とは異なる地球環境の視点が示唆されている。この詩集は、火による擾乱と破壊が複雑に絡み合ったものからできているといえよう。

わたしたちは擾乱と破壊のなかで生きているのが現実だが、そのこと自体、必ずしも否定的な面ばかりではない。火山噴火のような急激な地殻変動は自然界の一部であって、その結果いまの地球があるわけだから、すべての生命はその変化を受け入れざるを得ない。例えば、大きな山火事のあとのフィールド・ワークの詩、「足首まで灰に浸かって」(九六-九八ページ)に登場するシュガー松の巨木は、自然界の擾乱と破壊のなかを生き残ってきた具体例だ。セントヘレンズ山の噴火では、緑の森林がなぎ倒され、噴火から四半世紀経ってぼくが訪れたときもスピリット湖にはまるで爪楊枝のような白い丸太が浮かんでいた。そして朽ちた丸太の陰にはヤマハハコの白い花が咲いていた。これが現実だ。

とりわけエコロジーでは、「擾乱」(英語ではdisturbance)という言葉は重要だ。「中間擾乱仮説」(the Intermediate Disturbance Hypothesis)という興味深い考え方がある。それを要約すると次のようになる——擾乱がごく稀にしか起こらない場合や、あまりに頻繁に起こる場合は、生物の多様性はあまり見られない。なぜなら擾乱の度合いが低ければ、支配的な種による競争的排除が起こり、一方、擾乱の度合いが高ければ、そのストレスに耐えられるものだけが生き残る。擾乱によって、種の多様性が生まれるというこの考え方は、擾乱が起こらないエコシステムの場合に種の多様性がもっとも高くなるというこれまでの理論とは相反するものだ。この仮説を『絶頂の危うさ』にも当てはめてみたくなる。当たり前のことだが、自然は与えもするし、奪いもする。そして自然はわたしたちの外側だけにあるわけではない。わたしたち自身が自然なのだ。日々の暮らしのさまざまな擾乱、この言葉がしっくりこなければ予測できない変化と言い換えてもいいだろう。年を重ねるとはこの変化を生き残ることだ。擾乱からこれらの詩は生まれたとぼくは考えている。

しかし一方では、「火山の爆発やテロなんか、自分ではどうすることもできない」と思ってしまうのも無理もないことだ。この事実をどのように受け止めたらよいのだろう。スナイダーは、「バーミヤン、その後」(一八四-一八八ページ)のなかで一茶を引いてこう言っている。

露の世は　露の世ながら　然り乍ら

その「然《さ》り乍《なが》ら」とは、一年中、変わることなく、わたしたちが実践すべきこと。そしてそれが、法《ダルマ》の根本かもしれない。

この世は儚い、儚い現実だからこそ、その現実を真摯に受け止め、そこに生きる意味を見つけようではないか、その答えは誰かが持っているものではない。今この場所で、意味を考えながら生きること、それだけ——おそらくこれが詩人のメッセージだろう。

次に文体について考えてみたい。とりわけ第五セクション「風の前の塵」に収められた作品は、散文と行分けされた詩句を組み合わせた少し変わった構成になっている。アメリカで出た書評では、このスタイルを「俳文」として紹介しているものがいくつかあったが、スナイダー自身はこれを俳文とは呼んでいない。散文の部分は、作品が書かれた場所や出来事、あるいはその歴史や情報を伝え、スナイダーが「短詩」(brief poems) と呼ぶスタンザがその主題についての瞑想やコメントを表している。しかし瞑想やコメントといってもそこにはユーモアや滑稽、一種の捻りが感じられるものも少なくない。

おそらくスナイダーは、俳句の文化的背景を自分の作品に取り込もうとは考えていないだろう。「たいていのアメリカ人は本当の俳句について理解していません。季語の持つ意味やその深い伝統を真似ようとしても出来るものではないのです。その文化は真の賞賛に値するものですが、自分をそれに当てはめて、俳句を書いてみようとは思いません」と、二〇〇四年十月「正岡子規国際俳句大賞」

の授賞式に来日したときに語っていた。「たしかに俳句や古代ギリシャの短詩からも大きな影響をうけていますが、自分が書いているのは俳句ではありません」と断言した。それを強調する背景には、アメリカにおける安易な俳句理解の批判が含まれているのかもしれない。第五セクションの作品は、スナイダー流「ハイブリッド・ハイブン」とでも呼びたくなる。

このことは詩のスタイルだけにとどまらず、スナイダーのこれまでの活動にも当てはまる。例えばシエラネヴァダ山麓に一九七〇年に移り住み、その地に友人たちの協力をえて建てた家「キットキットディジー」についてもハイブリッドのスタイルを見ることができる。これは山里勝己氏が『場所を生きる』(山と渓谷社)のなかで指摘していることだが、その家は基本的には土間、囲炉裏つきの居間、そして寝室といった日本の伝統的な農家の構造になっている。もう一つはアメリカ先住民の伝統だ。柱の構造やスモーク・ホールなどの構造から、ミシシッピー川上流に定住していたマンダン族のアース・ロッジ(土小屋)と基本的な構造を共有しているという。囲炉裏は、一九九七年の増築のときに新しい床に姿を変えたが、基本的な構造はいまもそのまま残されている。

このときの増築の様子を描いた「九七年の夏」(八七-九一ページ)からも、スナイダーのいう「場所の感覚」が伝わってくるだろう。それは、土地を知ることだけでなく、そこに暮らす人びとのコミュニティが作るものだからだ。

アメリカ文学一般、とりわけ詩については、その根底に「折衷主義」がある、そう指摘したのは、ぼくの恩師、金関寿夫先生だったが、スナイダーの作品(ライフ・スタイルも含めて)はその典型といえるだろう。スナイダーの場合、デラシネ(根無し草)の折衷主義ではなく、異文化と自分の暮らす土地の伝統が切り離されることなく活かされている。サウス・ユバ川源流部、サンワン・リッジにあるスナイダーの敷地内には、「リング・オブ・ボーン(骨輪)禅堂」がある。そこには、ミャンマーからやって来た「釈迦牟尼」、ネパールからやって来た「ターラー」（日本の観音にあたるチベット仏教の菩薩）、そして日本からやって来た不動明王がおかれている。これら三体の仏像が、坐禅やミーティングに集まる地域の人びとを見つめているが、これも象徴的な取り合わせだろう。

次に日々の暮らしを描いた作品をのぞいてみたい。第二セクションの「つかの間の歳月」に収められた短詩はすべてスナイダーの日常を描いたものだ。そのなかに「四月の呼び声と色彩」（六〇ページ）という春の訪れをうたった詩がある。キットキットディジーの庭には何種類かの桜の木が植えられていて、春になるとみごとな花を咲かせるのだが、この作品の春の「声と色」は、小鳥の声でも花の色でもなくて、「緑色のスティール製のゴミバケツ／パタパタ音をたてる黒いプラスティックのフタ／七面鳥の鳴き声みたいな音をたてるペチャンコになった段ボール、／遠くで、トラックのバックする音」だ。「何これ！」というのがぼくの第一印象だった。ほかの生物と同じ自然環境に生きる人間という生き物のたてる春の声と色、といった考えも浮かんだけれど、そんな理屈をこえたユーモアがこれを詩にしているのだと納得した。同じようなユーモアは、「捨てなさい」（五七-五八ページ）にも感じられる。

仏法の話が終って家へ歩いてもどる
夏の乾いたマドローンの
葉がカサカサと落ちる
「捨てなさい！　捨てなさい！
いいとも！」と葉っぱがいう

「捨てなさい」と詩の語り手に呼びかけるのはマドローンの葉、言い換えればノン・ヒューマンの自然の声であるが、それは同時に聞いている詩人自身の声でもある。ここには、「わたし」という見る主体とその対象である「自然」との一方通行の関係は存在しない。「見るものは、同時に見られるもの」という相互依存の関係をみることができる。もちろん良質のユーモアも伝わってくる。

これらの作品から、川柳を思い浮かべる読者もいるかもしれない。川柳についてスナイダーは、*SN&R* のインタビューでこう語っている。

川柳について、アメリカ人はあまり聞いたことがないでしょう。川柳は俳句とおなじフォームで書かれますが、内容は嘲笑、皮肉、風刺、ときには性的なことがらも含みます。それは人の情やうぬぼれや弱点を表現するものです。

もちろんスナイダーの作品は、五・七・五のシラブル（アメリカにはリチャード・ライトのようにシラブルを写した詩人もいる）で書かれているわけではないし、いわゆるアメリカで書かれている「ハイク」のように三行に行分けされているわけでもない。スナイダーの「短詩」には、エズラ・パウンドの「イマジズム」の詩作法、それにウィリアム・カーロス・ウィリアムズの詩にみられるような「話しコトバ」のリズムがある。それらに川柳の伝統が接ぎ木され、シエラの土地に自生するマドローンのような詩が生まれたといえよう。

次にスナイダーお気に入りのシエラネヴァダの風景を描いた「氷河の亡霊たち」（六六－七三ページ）を見てみよう。スナイダーはこの場所を毎年一回は訪れるという。数年前、この詩集がアメリカで出版された年のこと、詩人とこの場所をハイクしたことがあった。そのあとページに印刷された各スタンザのタイポグラフィーに見とれてしまったことを今でも覚えている。このスタンザ・フォームは、トレイルを歩いたときの尾根の様子を再現したものになっているのに気づいた。スナイダーは、「シエラネヴァダ山脈全体が、かつてここを被っていた氷原の亡霊たちであふれているのを感じる。それはたった一万年前、つい最近の出来事だよ」と話してくれた。

丸めたり広げたり、詰めたり解いたりを繰り返し
　散らばっていく事物
　――苦悩にみちた、かりそめの世界

この詩句からは、シュラフやバックパックの中身を広げたり片付けたりをしながら、擾乱にみちた世界を生きているわたしたちの姿が浮かび上がってくる。それは『絶頂の危うさ』全体にあてはまるイメージだ。

次にぼくのお気に入りの作品「影ひとつ残さず」(一五三-五四ページ)について少し触れておきたい。この詩はサクラメント・ヴァリーにあるユバ・ゴールドフィールズについての作品だが、地元の人もかつてその場所で何があったかあまりご存じないらしいので、こちらに来て調べた場所の物語を紹介しておこう。

ユバ・ゴールドフィールズは、地図を開いても見あたらないが、確かにその場所はサクラメントの北五〇キロメートルのところに存在する。ここはカリフォルニアのゴールドラッシュのときに作られたという。ゴールドラッシュの最初の頃、つまり一八五〇年代の前半は、ユバ川流域の坑夫たちは河床の砂金を水でふるい分けながら取っていた。しかし十年も経たないうちに大規模な機械を使った採掘法がそれに取って代わり、採掘会社は谷からシエラネヴァダ山麓へと採掘の場所を変えてゆく。なぜなら北シエラ山麓は太古の昔、河床だったからだ。そこではちょうど消防車の消火ホースをさらに強力にしたような「水力採鉱」(hydraulic mining)という方法で、山腹の土砂を水圧で押し流し、砂金をふくむ土砂を取り出していた。抗夫たちは長い木製の水路で金を採取したあと、その土砂を山間の谷に捨てた。そして谷間を流れる川がシルトと呼ばれる大量の流積沈殿物をサクラメント・ヴァリーへと運んだ。記録によれば、ユバ川には十三億二千八百九〇万立方メートルを超える流積シルトが沈殿したという。水力採鉱によって押し流された土砂は、ユバ川の河床を多いところでは三〇メートルも盛り上げたというから驚きだ。その結果とうぜん洪水が発生し、土砂がメリーズヴィルの町の東側にある農地を埋め尽くしてしまった。おまけにその土砂には、水力採鉱による予期せぬ副産物の水銀やヒ素といった有害な物質が含まれていた。ユバ川はサクラメント川の支流のため大量のシルトがサンフランシスコ湾へと流れ込んだ。一八八三年には、たまりかねた農夫たちが訴訟をおこし、その訴えは認められ事実上この種の採鉱はできなくなったが、土砂はユバ・ゴールドフィールズに残されたままだった。

一八九三年に「カリフォルニア州堆積物土砂調査委員会」が環境災害を和らげる目的で、メリーズヴィル近くのユバ川を浚渫し始め、川の両側には砂利の丘が出来たという。また浚渫によって二百以上の池が作られ、そこは通水性のよい土壌であったため、それぞれの池は地下水で繋がっている。水は砂利によるフィルター効果で青く澄んでいる。

一九七〇年代になると金の採掘はもはや採算がとれなくなり、こんどはその堆積した土砂が骨材（コンクリートやモルタルをつくるときに接合剤に混ぜる小石）の原料となることがわかった。一節によれば、ユバ・ゴールドフィールズに眠る骨材は一五〇億ドルにもなるというが本当のところはわからない。いずれにしろ、広大な範囲にわたって掘り起こされた石が、地表の土の上に四五メールの高さに積みあげられてしまったのだから、この浚渫業者がもたらした環境破壊も計り知れないものがある。

「影ひとつ残さず」の舞台になっているユバ・ゴールドフィールズは、北カリフォルニアの歴史を具現化した場所でもある。スナイダーが暮らすサンワン・リッジにも、水力採鉱で痛めつけられた自然があちこちに残っている。その最大のものは、キットキットディジーの家から車で二十分ほど山道を上がったところにある「マラコフ・ディギングズ」(Malakoff Diggings) だ。このゴーストタウンには当時の家がそのまま残されており、現在は州立歴史公園となっている。このあたりの山は、水力採鉱が行われて百年以上経っているが、いまだに山肌はむき出しのままだ。植生が回復していない場所が広がっている光景には驚かされる。スナイダーがいう「再定住」(re-habitation) とは、このような土地に根を下ろすことにほかならない。同じようなことがセントヘレンズ山の噴火によって引き起こされたことを読者は思い起こすことだろう。

この詩の「ミサゴ」とビール空軍基地の「貨物輸送機」は、前半の散文によって語られる土地の物語を考え合わせると、「影ひとつ残さず、あり続けるもの」と「巨大な影を残し、すぐに消えるもの」を示す見事なイメージとなっていることがおわかりだろう。またおなじユバ・ゴールドフィールズをうたった第二セクションの「サケの好みに」（六四 - 六五ページ）では、運ばれた砂利がサケにとってお誂え向きの「産卵床」という思いがけない自然からの贈り物にもなる。それはわたしたち人間の予測をこえた、奪いもするし与えもする自然の働きといえるのかもしれない。

この詩集の根底には仏教的な慈悲が地下水のように流れているとおもう。スナイダーの詩が持っている場所の感覚がこの翻訳から少しでも伝わることを願っている。

おわりに

『絶頂の危うさ』の翻訳を終り、あらためてスナイダーの詩の世界の豊かさを認識させられたというのが実感です。おぼつかない足取りで『絶頂の危うさ』を、時には躓きながら一緒に楽しんでくれた獨協大学の学生に感謝します。また大学院でアメリカ詩を専攻していた菅原康佳さんと関根路代さんには、注を付けるにあたってご協力いただきました。この場を借りてお礼申し上げます。この詩集をテキストにしながら読んでいるとき、スナイダー本人と学生たちのバイリンガル・リーディングが実現したことは、思いもよらぬ喜びでした。

ちょうど訳ができあがったころ、琉球大学の山里勝己教授の本格的なスナイダー研究『場所を生きる――ゲーリー・スナイダーの世界』(山と渓谷社) が出版され、この好著から多くの示唆をいただきました。スナイダー、ウェーレン、ケルアックのカスケード山脈における火の見小屋体験を中心とした伝記『絶頂の詩人たち』(*Poets on the Peaks*, Counterpoint, 2002) の著者で、現在スナイダーの詳細な伝記を執筆中のジョン・スーター氏からは、詩を解釈するにあたって貴重なアドバイスをいただきました。またこの日本語版のために、詩人のポートレイトを提供いただきましたこと、感謝いたします。

そして今回の翻訳でも、ゲーリー・スナイダー氏からは数知れぬご教示と励ましの言葉をいただきました。シエラのサンド・リッジを一緒にハイクした夏の日、ポンデロサ松に囲まれたキットキットディジーの外のキッチンで、ぼくの稚拙な質問にも丁寧に答えていただいたことなど、感謝の言葉もありません。ゲーリー、本当にありがとうございました。

場所とは、地域だけでなく、精神の状態であり、この二つがわたしたちの生きる環境を作っている。その当たり前の事実をあらためて考えさせられました。この詩に描かれた「亀の島」と「弓の島」の歌枕を訪ねたことが、作品のもつ場所の意味を伝えるのに多少なりとも役立っていればと願わずにはいられません。誤訳や思い違いがあると思いますが、それは訳者の力量のなさ、読者の叱責をお受けします。

また辛抱強くお付き合いくださった思潮社編集部の三木昌子さん、髙木真史さん、ありがとうございました。

この日本語版をキャロル・コウダの霊前に捧げます。

二〇〇七年春、カリフォルニア州セントラルヴァリー、デイヴィスにて

絶頂《ぜっちょう》の危《あや》うさ

著者
ゲーリー・スナイダー　© Gary Snyder, 2007
訳者
原 成吉
発行者
小田久郎
発行所
株式会社思潮社
〒一六二―〇八四二　東京都新宿区市谷砂土原町三―十五
電話＝〇三―三二六七―八一四一（編集）・八一五三（営業）
ＦＡＸ＝〇三―三二六七―八一四二　振替＝〇〇一八〇―四―八一一二
印刷所
三報社印刷株式会社
発行日
二〇〇七年八月十日